Aus dem griechischen Prototyp
übertragen von Thanos und Elisa Papathanassiou

Das Bild des Buchdeckels
ist eine Modifikation des originalen
<Sensuality.Isabelle by Archan Nair, New Delhi, India>

Thanos Papathanassiou

L o l a
Die Flamme des Morastes

Ediert 2011 von Thanos Papathanassiou
Gedruckt von Lulu.com
ISBN 978-1-4467-3140-6

„Ihr werden viele Sünden vergeben,
weil sie viel geliebt hat.“
(Luk. 7, 36–47)

Erster Teil
<1819–1843>

1819, Grange – Grafschaft Sligo, Irland

Die vierzehnjährige Eliza ließ sich, behaftet mit dem unerwünschten, sich durchsetzenden Heiratsgedanken ihres Onkels, vom Schlaf nicht stehlen. Ihr Sinn war mit seinen Worten durchtränkt; ihre Seele quälte sich ab; das Herz klopfte ihr. Und diese katapultierende Nacht mit den Blitzen, Donnern, ihrem heftigen Regenhagel, und mit ihren unzweifelhaft traurigen Folgen für den Kartoffelbau und seine Menschen, ängstigte sie, brachte sie zum Schwitzen, versetzte sie in Panik. Solche Augenblicke waren es, in denen der Onkel diese ihre verfluchte Verheiratung mit diesem seinem dickgeschnittenen, rosenbäckigen Zinswucherer aus Sligo emergieren ließ ... als ob er sich damit trösten würde, als ob er Zuflucht in seinem Schmerz fände. So aufgeregt, versöhnte sie sich nicht mit ihrem Lager, und sie zuckte, drehte sich um, seufzte, ließ aus ihren Lippen Worte hervorquellen – «Aach, das kann doch nicht ...»

In einem gewissen Augenblick blendete sie ein dreister Blitzdonner in ihrem Gemach, raubte sie aus ihrem Dämmerschlaf. Erbleicht, zog sie ihr Moskitonetz zur Seite und ließ ihre Blicke die vertraute Umgebung streifen. Die Kommode mit dem Spiegel, dem Hocker, und ihrer Puppe, der Schrank, der Sessel, alles war zur Stelle; bei den flüchtigen Blitzstrahlen zeichneten sie sich ab, waren ihr für einen Moment im Dunkel zutage gekommen. Irgendwie aufgetaut, erhob sie sich, zündete ihr Krüsel an und zog ihre Schritte stumpf zum Zimmer von Onkel und Tante. Durch die geschlossene Tür erhaschte sie die stumpfen Worte ihres Onkels, zwar in gedämpftem Ton, aber sein Reden zu solcher Stunde verriet, bestätigte ihr seine Unruhe, seinen Zustand. Sie ging in ihr Bett zurück und versuchte vergeblich zu schlafen.

Eliza war ein hübsches Mädchen mit schwarzen Haaren und blauen Augen, für ihre vierzehn Jahre körperlich und geistig gut entwickelt. Sie konstituierte zusammen mit ihren anderen drei Brüdern, John, Thomas und Mary, das illegitime Quartet ihres Vaters, Charles Silver Oliver, aus seinem Verhältnis mit ihrer seligen Mutter, Mary Green. Sie wusste von ihrem Erzeuger, dass ihre Mutter eine schöne Frau mit spanischen Wurzeln und Temperament gewesen war – Und es war dieses Letzte, welches auch derselben diesen Hauch exotischer Besonderheit schenkte. Sie hatte auch noch zwei halbbürtige Schwestern und einen halbbürtigen Bruder aus der Ehe ihres Vaters mit seiner rechtmäßigen Gattin Maria Elisabeth Morris. Als ihr Vater in Limerick gestorben war, in ihrem zwölften Lebensjahr, nahm sie der Bruder ihrer Mutter, Henry Green, in Grange in seine Obhut. Außer zur Orgel und zum Chor nährte die junge Eliza eine lebhafte Neigung zum Tanz.

In dieser Nacht konnte der Herr von Grange Henry Green kein Auge zutun. Das Brausen des Windes, das Brüllen des Ozeans, das Klatschen des Regenhagels säten in ihm einen beunruhigenden Widerhall, der ihn nicht in Ruhe ließ. Je und je kam er an das Fenster heran und überblickte das Drüben: Er spürte, wie riesenhafte, wütende Wellen sich am Strand brachen, sich abreagierten und sich da und dort ausdehnten; wie die geschwollene Aue überflutete und sich in die Umgegend zerstreute; wie die Himmelstore mit den strömenden Wässern und ihren Steinen, als „Coup de Grâce", die Güter der Erde, seiner Erde, auspeitschten, überschütteten, abwürgten – er spürte biblische Katastrophe.

¨Unter diesen Bedingungen konnte er nichts dagegen unternehmen, ihm waren die Hände gebunden, das Unheil lief von allein – und dies nagte an seinem Gewissen. Wobei, bei solch einem Zorn der Natur, was brächte es?, es wäre Sisyphusmühe.¨

«'s ist vorbei, das Böse ist nun schon geschehen», antwortete er mit Bitternis – indem er das Fenster verließ und sich ihr näherte – auf die schläfrigen Worte seiner Frau, die ihn aufforderten, sich zu beruhigen und in sein Bett zurückzukommen.

«Was soll man da machen?, wir werden auch dies ertragen», brachte sie mit matter Stimme vor.

«Ja, aber du erinnerst dich, dass dieser Zinswucherer uns vor zehn Jahren den Balg abzog ...»

«Damals war'n die Sachen anders, jetzt haben wir uns gemacht ... wir brauchen keine ...»

«Was soll 's bedeuten, müssen wir etwa auch auf Heiratsgedanken Elizas mit ihm verzichten?»

«So war 's nicht gemeint, außerdem beschließt du das.»

So, mit dialogischen Intermezzos, wurde das Ehepaar auch in die Stunden dieser angstvollen Nacht aufgesogen.

Der Landbesitzer Green war eine große Person von hellem Teint, mit irgendwie strengen Gesichtszügen, die Disziplin, Entschlossenheit ausdrückten, aber auch mit einem Herzen, das sich vor Vernunft und Gerechtigkeit zu beugen wusste. Schon sein ganzes Leben lang, von Kindesbeinen an mit seinem Vater, schlug er sich mit der Erde, mit ihren Verdrussen und Freuden. Und nun in den Vierzigern, nach so viel Schmerz und Mühe, hatte er ein großzügiges Grundeigentumsniveau erreicht. Mit seiner Frau Emily hatte er noch zwei Kinder, Gregory und Jordan, die zur Zeit bei den Ordnungen der englischen Armee dienten. Seine Englandfreundliche Stimmung, wie es natürlich war, in diesen politisch schwierigen und bewegten Zeiten Irlands, hatte ihm Feinde und Freunde wie auch eine Atmosphäre von negativen und positiven Tendenzen und Szenarios bereitet.

Weiter, in den Arbeiterbaracken, war der nervöse Zustand nicht besser. Das Arbeitspersonal stand auf den Beinen, auf glühenden Kohlen. Das fuchsteufelswilde Wetter drohte unbarmherzig, durchschnitt ihnen das Fleisch, durchbohrte ihren Knochen. Sie wussten, was eine vollends zerstörte Jahresernte bedeutet – ihren eigenen Bestand, ihren Ruin.

Die Tiere in den Ställen, ebenfalls durch das unerbittliche Unwetter beeinflusst, unruhig, riefen die menschliche Anwesenheit zu sich.

So durchlebte Grange – Gutshaus und dessen Land waren das ganze Dorf – nun in dieser Nacht seine Alptraumaugenblicke.

*

Am nächsten Tag bezeugte der Himmelsbogen Frieden, aber die Luft des Ozeans, wenn auch müde, wollte sich nicht völlig legen. Große Wasserteiche, von dickem Schlamm umrandet, erstreckten sich über das ganze Gebiet, so dass sie den Boden, das Kartoffelfeld sumpfig machten. Das Potenzial des Gutsherrn mobilisierte sich unersättlich aktiv. Menschen und Tiere trachteten auf die eine oder andere Art und Weise dazu, durch das Ausheben von Gräben, die Gewässer zu verlegen, sie zu ihrem natürlichen Bett zu verjagen. Und ja, gegen Sonnenuntergang, erholte sich der alte große Kanal, wucherte und nahm durch das Ausstoßen seines Stromes in das anlie-

gende Küstenland, in den Atlantik wieder ab. Als das Feld entwässert und der im Schlamm steckende Erdapfel erschienen war, wies er danach deutlich die Wunden seiner Steinigung auf.
Mit dem nächsten Tag fing dessen verfrühtes Abschneiden an, seine Wäsche im Meer, das Trocknen und seine Unterbringung in den Lagern, wo Feuer ihn in einem Trockenzustand hielten. Der Land besitzende Green stellte den Vollbestand des Personals sicher, aber mit einer bestimmten Lohneinbehaltung, einem größeren Kartoffelkonsum von Seiten derselben und der Tiere, und betonte, dass er versuchen würde, den Rest zu einem niedrigen Preis zu geben, und dass er selbst mithin den Schaden dieses Schaltjahres tragen würde.

Und während alle sich der Bekämpfung des Übels zugewendet hatten, machte Eliza sich beim Nachlassen der Elemente der Natur fertig, um mit ihrem Pferd zum benachbarten Marktflecken Sligo auszureiten. Als ihre Tante sie sah, fragte sie:
«Wohin des Wegs?»
«Sligo.»
«Hast du heut Orgel und Chor?»
«Wir nähern uns der Vereinigungsfeier, verstehst du.»
«Aha! ... Weiß es dein Onkel?»
«Warum sollt' er 's wissen?»
«Die Straße ist voll Schlamm, es geht ein Wind ... und dein Pferd ist noch ein Fohlen», betonte ihre Tante.
«Ich werd' aufpassen», versicherte das Mädchen.
«... Also gut ... Ach ja, bring mir noch 'nen Knäuel mit weißem Faden.»
Sie ging in die Ställe und sah, dass alle Pferde fehlten, sogar das ihrige, der Schwärzer; es waren nur Schafe,

Gänse und Hühner dort. Mit verkniffenem Gesicht ging sie hinaus und traf zufällig den Meier, welcher zurückgekommen war, um etwas zu holen. Zusammen zu Pferde waren sie in den Feldern angekommen. Ihr Onkel, obwohl es ihm missfiel – in diesen Drangsalsstunden ... –, trat ihr das Füllen ab, um ihr einen Gefallen zu tun.
Ihr Verlangen sich irgendwo aufzuheitern, die Kaprice ihrer vierzehn Jahre ließen sie ihre Zügel locker halten, entgegen den Empfehlungen des Onkels und ihrer Tante. Ein Glück, dass ihr nichts Böses passierte.

Sligo war auch feucht. Sein Fluss war übergetreten und sein umliegender Boden, getränkt, roch nach Salzigkeit. Einige sammelten die aus der Flut ausgeworfenen Muscheln, sogar den Schlamm. Eliza wusste, dass aus diesen einfachen Funden der Natur hübsche, geschmackvolle Gefäße entstehen werden, Merkmal dieses Ortes.
Als sie in ihrem halbruinierten Kloster ankam, wendete sie sich zuallererst an ihre Beichte:
«Ich begrüß' unsre kleine Muse! ... Aber, beim Bösen, das uns getroffen hat, haben unsre kleinen Choristen sich nicht sehen lassen», hörte man die Stimme – sich nähernd – des dominikanischen Mönchs ... und sie war mit dem Hauch von Bitternis schattiert.
Das Mädchen befeuchtete seine Finger im Weihwasser, bekreuzigte sich, küsste dann dem Klosterbruder die Hand und brachte timid heraus: «Vater Acacius, kann ich Ihnen ein paar Worte beichten?»
«Selbstverständlich, meine Tochter! ... Was hast du mir zu sagen?» und er reckte seine Hand, sie auffordernd sich zu setzen.
«Verehrter Vater, wir sollen unsren Vormunden gehor-

chen, sie ehren ... aber sagen Sie mir, stützt Ehe sich nicht auf Liebe?»
«Aber gewiss, meine gute ... Sag mir aber klar, welches dein Problem ist.»
«Tja, mein Onkel hat vor, mich mit *diesem* „Krawattenmacher“ von Sligo zu verheiraten. Ich weiß, solche Ehen sind nichts Fremdes, nichts Absurdes; aber ich kann's nicht, kann's nicht ertragen, weiß nicht, was ich noch tun soll ... O, wie könnte ich meinem Onkel nur ungehorsam sein!»
«Die Kirche genehmigt es, dass zwei Diener Gottes ein Ehebündnis schließen, wenn sie einander zumindest *wollen.* Meine Tochter, mach dir keine Sorgen und lass mich mit deinem Onkel sprechen.»
«Gut, Vater.»

Nachdem sie ein wenig Orgel gespielt hatte, ging Eliza auf den Markt hinaus. Auf dem Weg zum Fadenhändler ging sie auch am Büro ihres Freiers vorbei. Sie blieb eine Weile stehen, nachdenkend, finster blickend, aber er bemerkte sie nicht, weil er mit seiner Kundschaft beschäftigt war.
Weiter unten, ein paar Schritte vom Fadenladen entfernt, durchbrach plötzlich ein Krach die Atmosphäre: Ein Regen von Steinen wurde von drüben von bestimmten irischen Widerstandskämpfern gegen einige englische Soldaten, die sich auf ihrer Straßenseite befanden, geschleudert. Zu ihrem Unglück traf einer von diesen sie am Bein – immerhin nichts Ernsthaftes, bloß Quetschung und Abschürfung.
Und während die übrigen Infanteristen, mit dem Gewehr im Anschlag, dazu übergingen, ihren Feind anzugreifen, eilte einer von diesen, welcher ihr die Verletzung anmerk-

te, in ihre Richtung und zog sie anschließend in die nebenan liegende Gasse zurück.

Und diese Begegnung des Steines mit dem Bein, die ihr die Begegnung mit diesem englischen Soldaten brachte, sollte ihr Leben entscheidend kennzeichnen.

«Gestatten Sie, dass ich mich vorstelle.» – «Edward Gilbert, Infanterieoffizier.»

«Eliza Oliver, von Grange.»

«Ich bedaure, dass wir die Ursache für Ihre Verletzung sind.»

«Sie sind nicht schuld dran, sondern diese Nationalisten, die glauben, dass sie Irland sind, dass sie Freiheit sind.»

«... Schaffen Sie es, können Sie ihn absetzen? ...» fragte sie der junge Mann, als sie sich daran machte, zu gehen.

«Ach! ... Tja, tut 'n bisschen weh, aber ... Ich muss rüber, um 'nen Faden zu holen.»

«... Lassen Sie mich Ihnen helfen.»

«Danke, aber Sie müssen sich die Mühe nicht nehmen, 's ist nicht nötig, 's ist nichts Ernstes.»

«Ich hab' 'ne Idee, halten Sie sich an meiner Schulter fest, bis zum Laden», sagte er, und seine Miene hellte sich auf.

Das Mädchen sah ihn fragend an, war aber einverstanden.

Nachdem er sie beim Fadenhändler absitzen ließ, sagte er ihr: «Ich komme gleich wieder», und er ging hinaus. In der Tat, in Kürze kehrte er zusammen mit einem von den Soldaten zurück, den er ihr auch vorstellte. Zu ihrer großen Verwunderung sahen ihn dann der Krämer, Eliza und der Soldat selbst, seine Flinte leeren und die Kugeln in seinen Beutel stecken.

«Was machst du denn da?» fragte sein Kamerad sich

wundernd.
«Mach auch du das Gleiche.»
«Aber ... du weißt, was's bedeutet, ...»
«Dies ist 'n Befehl.»
Nach einem Augenblick von Verlegenheit nahm auch er seine Kugeln heraus, ohne zu wissen warum. Anschließend zog sein Oberer ihn ein wenig zurück und sagte ihm etwas mit leiser Stimme. Und dann ...
«Erweist die junge Dame uns die Ehre, sich auf ihre Krankentrage zu setzen?» sagte ihr Interessent. – Die zwei Gewehre, parallel und in ihren Händen liegend, bildeten ihren *Sitz.*
Dieser einfachen, spontanen, eigenförmigen und netten Geste gegenüber konnte Eliza es nicht verwehren und ließ sich auf ihr Unternehmen ein. Nachdem sie sich also hingesessen hatte, legte sie ihnen ihre Arme um die Schultern, und so machte sich dieses originale und kuriose Szenario zum Kloster auf.
Nach neugierigen Blicken von zufällig Angetroffenen, im Konvent angelangt, als Vater Acacius sie vom Garten aus sah, entschlüpfte aus seinen Lippen sachte: «Was ist denn da schon wieder los?!» Bald jedoch war dieser sein Schatten selbstverständlich verflogen.
Hinterher, als sie ihr aufs Pferd halfen, beschwichtigte und belastete dieses ungewisse *Auf morgen* Edwards Herz zugleich mit Spannung.

Als sie wieder nach Hause kam, und ihre Tante sah, dass sie etwas am Bein hatte, sagte sie: «Ja hab' ich dir nicht gesagt, du sollst bei diesem Wetter nicht nach Sligo gehen?»
«'s ist nicht so, wie du denkst.»
«Was ist denn mit dir passiert?»

«Sligo ist nicht Grange. Wir haben *Weiße, Schwarze* und allerhand Farben.»
«Was meinst du? Ich versteh' dich nicht.»
«... Nationalisten ... von ihnen bekam ich den Stein.»
«Ah! ... so», ihre Tante mit gedämpfter Stimme.

Nachdem sie zu Mittag gegessen hatten, schloss Eliza sich in ihr Zimmer ein und ruhte ihr wehes, in ein Tuch gewickeltes Bein aus. Ein gewisses Buch leistete ihr Gesellschaft, aber in manchen Augenblicken tauchten in ihrem Sinn die Vergangenheit, Gegenwart und Zukunft auf.

*

Die morgendliche, lachende Sonne, die zwischen den aufgezogenen Gardinen eindrang, tätschelte ihr Gesicht, erwärmte es, forderte sie auf zu erwachen. Ihre Augenlider flatterten, zogen sich auseinander, ein Gähnen entfaltete sich, ihre Glieder wurden ausgestreckt. Wieder aufgelebt, stand sie auf, machte ihre Fenstertür auf und ließ sich von der taufrischen Brise des Atlantiks streicheln. Sie ließ ihren Blick in die Natur schweifen ... ihr schien es, als ob sie sie mit ihrem blauen Meer und Himmel, ihrem blonden Auge und dem Murmeln des Lüftchens umfing, begrüßte, ihr guten Tag wünschte. Sie fühlte sich, als wollte sie lächeln, singen, tanzen. Sie fühlte sich, als wenn etwas sie im Innern neu belebte, sie beflügelte, sie nach Sligo trieb. Für sie tat ihr Bein schon nicht mehr weh.
Sie ging zu ihrem Kleiderschrank, öffnete ihn und besah ihre Kleidung, Hüte und Schuhe. Sie wählte einige von diesen aus, die ihre Figur besonders betonten. Sie probierte sie an, betrachtete sich im Spiegel ... als wollte sie etwas bestätigen. «Eliza,» hörte man ihre Tante, «das Frühstück wartet auf dich!» «Ich komme!» erwiderte sie,

und dann ging sie zur Küche hinunter.
«Wie geht's deinem Bein?»
«Ah ja, meinem Bein ... gut, sehr gut!»
«... Sehr gut!?»
«Ja, ich meine ... es behindert mich nicht mehr.»
«... Es ändert sich das Wetter, es ändern sich die Leiden!» alludierte ihre Tante, und sie fragte: «Bist du besser gelaunt, oder irr' ich mich?»
«Vielleicht.»
«Heut gehst du nach Sligo ... oder nicht?»
«Ja, gewiss, täglich!»

Nachdem sie ihre Routine beendet hatte, begab sie sich in den Stall, legte ihrem Fohlen den Sattel, die Zügel an, und weg war sie.

Im Monasterium erwartete sie Edward, und zwar schon seit einiger Zeit, nach welchem sie sich umdrehte, sowie sie ihn sah, als ob sie nicht durchgefühlt hätte, dass er kommen würde, und sagte: «Was machen Sie hier?»
«Tja, ich wollte ... ich wollte wissen, wie es Ihrem Bein geht, Sie sehen.»
«Nun, weil Sie Schuld trifft, ausschließlich wegen dem Bein, oder auch um mich wieder zu sehen?» fragte sie schlaubergerisch.
«O.k., die Wahrheit ist, dass ... hm, ich hab' es meiner Schuld zu verdanken, dass ich Sie kennengelernt hab' ... ich spüre, dass ich Sie verlange.»
«Lieber Edward, lassen Sie Ihr Schicksal in seiner Kerbe», schloss sie scheinbar gleichgültig ab und ging zum Chor.

Edward war ein Jüngling von zweiundzwanzig Jahren, körperlich und geistig gut entwickelt, mit reichlicher

Tugend und minimalen, edlen Leidenschaften – ein Typ also, den man nicht so einfach verlässt, zurückweist.
Er sah sie praktisch mühelos gehen und betrachtete jedes Wort zu ihrem Bein schon als überflüssig.
Als er sie anschaute, sie an der Orgel, im Chor hörte, verlangte er sie noch näher zu sich, fühlte er sich noch näher bei ihr. In ihm dämmerte die Liebe, und außen war es wiederum förmlich, kalt. ¨Würde wenigstens auch sie irgendeinen Funken Veränderung verspürt haben, oder blieb sie von diesem Vorspiel, von seiner Anwesenheit, von seiner Existenz völlig unberührt?¨

Der Vater Acacius hatte den anderen Kindern vom Chor, bevor sie begannen, gesagt, dass der junge Militär, deren Zuschauer und Zuhörer, ein gewisser Bekannter von Eliza war. Trotzdem fehlten die schleichflüchtigen Blicke und das verstohlene Lächeln der Mädchen nicht – Das blieb Eliza nicht unbemerkt und reizte sie irgendwie.
Als die Gesangwiderhalle ausgehaucht waren, näherte er sich ihr, um seinen glänzenden Eindruck von ihrem Chor auszudrücken. Und dann, nachdem er die Stimme seiner Begier aufgeboten hat, sagt er zu ihr: «Gestatten Sie mir, bei diesem herrlichen Wetter, einen Spaziergang mit Ihnen für herrliche Muscheln. Wissen Sie, bei uns zu Lande sagt man, je schöner die Muschel, desto schöner das Leben.» Und sie nach einem Verlegenheitsaugenblick: «Und Sie glauben das!?» ... «Nun meinetwegen, gehen wir, mein *herrlicher* Soldat!» kapituliert sie schließlich und hakt sich bei ihm ein.

Und dies bedeutete das Ende eines Präludiums und den Anfang ihrer Idylle.

Eliza begab sich mit Eifer auf die Suche nach Muscheln,

durch das, was Edward zu ihr sagte, beeinflusst, während der Letztere mehr sie genoss, als sich dieser Beschäftigung zu widmen.
«DU SCHEINST MIR NICHT WIRKLICH ZU SUCHEN! ... WARUM, ÜBERLÄSST DU'S VIELLEICHT MIR?» rief sie – er in einem gewissen Abstand – mild.
«DEN VORTRITT HABEN JA DIE DAMEN!»
«JA, ABER ... HAST DU ETWA VERGESSEN, WAS DU GESAGT HAST?»
«NEIN, NEIN ... DEIN GLÜCK IST MEIN GLÜCK!» erwiderte er spritzig.
«HM, BESSER DOPPELGLÜCK ALS ENTLEHNTES!» fügte sie mit ebenso viel Spritzigkeit hinzu.
«HA, HA!» kam es aus ihm heraus, als er das hörte.
Ein bisschen später:
«GUCK! GUCK, WAS ICH GEFUNDEN HABE!» schrie das Mädchen begeistert auf, wobei es sich ihm wärmeren Schrittes näherte. «Ist sie nicht schön?»
«Schöner könnte sie nicht sein!» sagte er leise, als wenn er es sich selbst sagen würde, indem er sie in seinen Händen betrachtete. «Na, dein Leben wird lachend sein wie dieser Tag; und nicht nur das, auch deine Sprosse ...»
«Woher weißt du das?»
«Siehst du, sie ist unten genauso schön wie oben ... sie ist überall schön.»
«... und du ... Aber wie ... Ich versteh' nicht!»
«Für mich ist das Leben sowieso lachend, seit ich dich kennengelernt habe!»
Eliza hakte sich fest bei ihm ein, und so, beide zusammen, verließen sie die Aue, um wieder zurück ins Kloster zu gehen.
Bevor sie sich trennten, sagte er ihr: «Morgen und über-

morgen werd' ich dich nicht sehen, leider, ich muss in der Kaserne bleiben, wir haben Übungen ... in drei Tagen erst. Möchtest du nach Carrowmore?» «Carrowmore, ich war noch nie dort ... warum nicht?» Edward schloss ihre Finger in seine Finger und schloss damit ab: «Also, dann in drei Tagen ... vergiss's nicht! ... ich werd' übrigens in Zivil sein, und natürlich zu Pferd.»

Die kleine Irin verspürte diese zwei Tage in Sligo ohne ihren Kavalier als düster, leer – klar fehlte er ihr. Sie fühlte, dass seine Abwesenheit ihr Herz belastete, seine Anwesenheit ihr Leben erfüllte. So zog sie mit ihrem Pferd zu seinem Lager – ¨Selbst wenn sie ihn womöglich nicht sehen würde, fände sie sich näher bei ihm¨. Jetzt hatte sie verstanden – sie war verliebt.

*

«Heut werd' ich etwas später zurückkommen», erklärte das Mädchen ihrer Tante.
«Wir stehen ja an der Schwelle des Feiertags», bestätigte die Herrin Emily, und sie fügte hinzu: «Richt' dem Brudertum meine Empfehlungen aus.»

Als Edward erschien, war der Chor schon zu Ende. Er schien Eliza in seiner Zivilkleidung äußerlich ganz anders, aber für sie war er, ihr Partner.
«Du hast lange gebraucht, um zu kommen, der Kleidung wegen etwa?» sie scherzhaft.
«Bestimmt nicht,» er lächelnd, «ich konnt' einfach nicht früher.»
«Sie steht dir aber gut!»
«Und du, wie ziehst du mich vor, in dieser oder in Uniform?»
«Für mich bist du immer noch derselbe, Edward ... mein

Edward.»

Carrowmore war beeindruckend, wenngleich trüb, traurig, sogar haarsträubend. Ein ungeheurer Gottesacker mit seinen zahlreichen Totenhügelchen dehnte sich majestätisch über einem weitgestreckten Hügel aus. Große, gigantische Steine waren zu Türen, Korridoren und Kammern organisiert, die die Toten beherbergten. Diese Nekropole bezauberte, fesselte, ließ die Gedanken ausfliegen ... aber stieß zugleich auch ab. In der Tat, es waren nicht wenige Gräber, deren Erde herausgeschaufelt war und deren menschliche Knochen zum Vorschein kamen, was einen veranlasste, sich abzuwenden – auch diese waren Opfer der Schatzjägerei, der Hungersnot.
Und während sie dabei waren, diesen merkwürdigen Ort zu verlassen, protestierten einige Wolken mit ihrem Donnern und ihren ersten Tropfen. Im Handumdrehen prasselte der Regen. «Der fehlte uns noch!» sagte Eliza. «Ach, der wird nicht anhalten, 's ist ein kleiner Gewitterregen, der geht schon wieder vorbei!» Edward eilends, und er zog die Pferde unter ein paar Dachsteine.

Sobald beide in einer Grabkammer gefangen waren, sich betrachtend, trafen sich ihre Lippen ... und es war der erste und süßeste Kuss eines Leidenschaftsgewitterregens. Die gegenseitigen *Ich liebe dich* besiegelten ihre galoppierten Herzen, ihre erwärmten, leidenschaftlichen Hände, ihre durstigen, entflammten, jungfräulichen Leibe – Eine Ironie der Liebe, eine kühle-heiße Kaprize der Geschlechtsliebe. Wie die okkulte, makabre Lilie, die ihre Petalen in der abyssalen, ewigen Stille aufspringen lässt.
«Konntest du dir jemals in solch 'ner Umgebung vorstellen ...? Oje, was haben wir bloß getan?, das ist Sünd', Gottlosigkeit, Sakrileg ... ich muss, wir müssen zur

Beichte gehen, und zwar auf der Rückkehr», drückte sie mit einem Gefühl der Bewegung, Angst und Schuld aus, wobei sie sich etwas von ihm zurückzog.
«Hm, Liebling, all das wurde im vorchristlichen Zeitalter aufgebaut, mit andren Sitten, Gebräuchen und Auffassungen, das sind keine heil'gen Stätten für uns», sagte er und schloss sie wieder in seine Arme.
«Woher weißt du das?»
«Die Fachleute unterstützen es.»
«Die *Fachleute* ... Na schön! ... Ja, aber ... wir sind nicht verheiratet.»
«*Erbsünde!*»
«Edward, bitte!»
«... Und jetzt?»
«Dann gehen wir noch zum Dominikanerkloster, um Erlass bitten.»
«*Dein Wille geschehe!*»
«*Mein Liebling ...*»
Plötzlich steht sie auf, wirft sich, ihrem nackten Körper, ihren Mantel um und geht hinaus – Edward steht auch auf und schaut sie an –. Sie streckt ihre Hände hin und dreht sich ein paar Male im Regen herum – während ihr Lächeln ihr Glück kerbt; dann hört sie auf, sieht ihn an und stürzt auf ihn: «Ich liebe dich!, ich liebe dich!»
«Ich liebe dich auch, meine kleine Fee, und ich will dich heiraten», erklärt er auch.
«Mich heiraten? Oh, Edward, was für ein Glück! ... Aber, da's an der Zeit ist, hör zu, damit du das auch weißt: Mein Vormund, mein Onkel, – mein Vater starb vor zwei Jahren; meine Mutter vor vielen – wollte mich seinem Geldverleiher geben, worauf er wohl immer noch besteht, ich weiß's nicht, um für mich auszusorgen und seine Versorgungsgüter, seine Reserven, seinen Rücken zu si-

chern. 's ist nicht so, als liebt' er mich nicht, oder als liebt' ich ihn nicht, dennoch aber ... Ich war jedenfalls nicht einverstanden und werd' auch nie einverstanden sein ... daher müssen wir etwas vorsichtig sein mit unsrer Liebe, irgendwie taktvoll handeln. Lass mich zuerst den Weg ebnen, und dann sehen wir weiter.»
«... Und deine Tante, was ist ihre Ansicht dazu?» er in ernstem Ton.
«Meine Tante nimmt 'ne neutrale, passive Haltung ein. Selbstverständlich kann sie meinem Onkel nicht Kontra geben.»
«Armes Ding!, *ich liebe dich und will dich zu meiner Frau machen!*» erklärte er entschieden und jenem zum Trotz, und presste sie an sich.
«Hast du auch deine Geschichte oder bist du ausgewogener?» fragte sie ihn mit einer irgendwie schmerzlichen Schattierung.
«Meinen Vater hab' ich verloren; ich hab' meine Mutter und zwei Schwestern – verheiratet, unverheiratet – ... ich glaub' nicht, dass ich irgendein besondres Problem habe.»
«Du hast zwei Schwestern, und ich zwei neue Brüder, Vettern – Militärs –, die jetzt in Schottland dienen.»
«*Militärs, in Schottland!? ...*» wurde auf seinen Lippen abgeschwächt angedeutet, als ob er diese zwei Worte sich selbst sagte. «Aber du kennst ihr Regiment nicht ... Hm, weil ich, bevor ich hierher versetzt wurde, dort war. Vielleicht ...» «Ach, nun Schluss.»
«... 's hat aufgehört zu regnen, lass uns besser gehen.»

Auf ihrem Weg erfüllten sie ihr Wort; sie hielten beim Kloster an und wendeten sich an die Kirche, an Vater Acacius.

«Ich begrüß' unsre Kinder! ... *Kommt,* sagt mir eure Last; was ist los mit euch?»
«Heil'ger Vater,» ergriff Eliza schüchtern das Wort, «wir müssen uns Ihnen anvertrauen, um Erlass bitten.»
«Wenn's so ist, der Beichtstuhl wartet auf euch.» ...
... «Ich hör' dir zu, mein Kind.»
«Vater, ich bin in fleischliche Sünd' geraten; ich hab' meine Keuschheit verloren.»
«Ich verstehe. Liebst du ihn?»
«Ja, ich lieb' ihn!, er liebt mich auch, und er wird mich heiraten.»
«*So sei es!*»
«Vater, und was andres ... die Schuld ist in Carrowmore begangen worden, ich meine in einem Grab.»
«Hm! ... Mein armes Kind, bei dieser Sünde erhält man *potenzielle* Vergebung unter der Bedingung *Ehe mit dem Mitsünder.* Mit andren Worten wirst du die Erlassung erlangen, wenn du dich mit deinem Mitsünder verheiratest, mit Edward.»
«Gut, Hochwürden.»
«Und jetzt dein Ablass:
Ego te absolvo peccato tuo matrimonio contracto quicum id tu admisisti. In nomine Patris et Filii et Spiritus Sancti.»
«*Amen*», wünschte Eliza mit Eifer.

Dann begab sich auch Edward in den Beichtstuhl, für welchen das Gleiche galt wie auch für Eliza.

*

Die Glocke hallte heute bewusster wider und rief damit die Gläubigen zu ihrem Schoß. Es war die Vereinigungsfeier, und die Kirche beherbergte sie. In früheren Zeiten wurde sie auf offener Straße gefeiert, aber weil es zu Zwischenfälle mit unerwünschten Folgen kam, war sie in diese Umgebung versetzt worden. Nichts war wieder-

um sicher, nichts war ausgeschlossen. Natürlich stellten englische Soldaten die Unverletzlichkeit dieses Sondertages sicher; jedoch fehlten Ablenkungen und auch Geplänkel nicht.
Der Kirchenraum, nun prall gefüllt mit seiner Herde, erhob seine Stimme mit seinem Gottesdienstpsalm, seinem Chor, seiner Orgel. Und dann seine neuralgische Stunde ... wo der Prediger, Vater Acacius, von der Kanzel herab seine Rede verkünden würde.

In der Tat, die Letzte barg nicht wenige schräge Empfindlichkeiten und Besonderheiten in sich, und musste bedacht sein.
Der Pastor hatte in ihr das Vermeiden von Gewalt und die friedliche Koexistenz der zwei Völker unterstrichen. Diese dogmatische Haltung der Kirche war von bestimmten Leuten aber als englandfreundlich ausgelegt worden. So waren einige heißblütige Einwände und Missbilligungen sowie einige Zänkereien und Katzbalgereien auch hier begangen worden.

Nach der, zum Glück, Besänftigung der Gemüter und der Entlassung der Kirchgänger näherte der Pfarrer sich der Familie Green, welche sich gerade in jenem Augenblick mit dem Geldverleiher Sligos unterhielt, und meldete sich dem Onkel Elizas persönlich zu Wort:
«Ich kenne als Beichtvater deinen Willen, deine Nichte mit demjen'gen, mit welchem du vorhin diskutiertest, zu verheiraten» – das Gesicht des Zuhörers wurde ernster – «... Deine Nichte aber widersetzt sich; ihn will sie nicht ... und nicht nur das, ihr Herz ist vergeben; sie liebt einen andren.»
«... Und wer ist ihr Auserwählter?» fragte ihr Onkel überrascht.
«Einer, der zu ihr passt, ein guter und werter Jüngling;

ein englischer Offizier.»
«*Ein junger Mann und englischer Offizier*» – durch seine Hand und Lippen bestätigend – «… nichts Schlimmes!» – mit einer Spur ironischer Schattierung und mit seinem Kopf nickend – «… Sei's drum!, nur eine Nichte hab' ich!; lernen wir auch ihn mal kennen!»
«Amen!» besiegelte der Kleriker.
Als sie aufgestanden waren, legte Vater Acacius ihm den Arm um die Schultern und, während er ihn ein paar Schritte hinausbegleitete, sagte er ihm: «Meinen Segen, auch als Vormund, sollst du haben!»
Wie sie ihrem Karren näher kamen, versuchte Eliza, die den Grund ihres Gespräches verstanden hatte, seine Stimmung an seinem Gesicht abzulesen – seine heitere Miene beruhigte sie.
«Etwas Spezielles?» fragte seine Frau.
«Ja. Eliza», erwiderte er konzis und, als er auf seinen Wagen stieg, zog er weich die Zügel an seinen Pferden, während er das charakteristische Brrr hervorbrachte.
«Was *ja, Eliza?*» fragte sie weiter mit Verwunderung, da sie nicht verstand.
«Frag das Fräulein neben dir», und, sich an seine Nichte wendend: «… O.k., du darfst ihn mitbringen, zum Kennenlernen.»
«Oh, Onkel, ich lieb' dich sehr sehr sehr!» sprach das Mädchen spontan und froh aus, und umarmte seinen Onkel; dann hakte es sich bei ihm ein und neigte seinen Kopf sanft über seinen Arm.
«Hab' ich richtig verstanden oder …?» hörte man ihre Tante.
«Ja, Tante, du hast richtig verstanden. Das ist Edward; mein Mann; der, den ich liebe … und ihr werdet ihn kennenlernen.»

«Edward ...» wiederholte ihr Onkel, als ob er sich ihn im Innern vorstellte.
«Edward», bestätigte Frau Emily, ihn anschauend.

Als sie Sligo verlassen hatten, und während sie an einigen Hügelchen vorbeifuhren, überraschten sie ein paar Schüsse auf sie und brachten die Pferde dazu, durchzugehen, zu galoppieren. Herr Green nahm das Gewehr in seine Hände, es kam aber nicht in Verwendung, weil sie sich schon davon entfernten. Immerhin trafen die Kugeln sie nicht. «*Ver..dammte Feldmäuse! Lumpenkerle! ...*» brachte er wütend hervor, als er den Karren anhielt. Und dann, sich an seine Frau und Nichte wendend: «Der Tag will's ja so ... dass die Nervenkitzel nicht fehlen.»
Und während ihr gereizter Zustand noch warm war, sahen sie eine Gruppe von englischen Soldaten, die von drüben Hals über Kopf zu ihnen kamen. Bald war sie bei ihnen.
«*Edward! ...*» artikulierte Eliza mit leiser Stimme und überrascht; und, nachdem sie abgestiegen und begeistert zu den Soldaten gelaufen war: «*Oh, Edward! ...*». – Inzwischen verfolgten Onkel und Tante all das verwundert.
«*Eliza! ... Alles in Ordnung, alles gut?*» er in bänglichem Ton.
«Ja, aber's wurd' auf uns geschossen; 's war uns ein Hinterhalt gelegt worden.»
«Die Abfeuerungen hörten wir auch; wobei wir unverzüglich davon eilten.»
«... Komm!, darf ich dir meine Angehörigen vorstellen?» – sie kommen an den Karren heran –.
«Onkel!, Tante! – Edward.»
«Mum!, Sir! ...» sich leicht verbeugend und seinen Hut

hebend. «… Jetzt … sind wir auf Streife für die Aufrührer. Entschuldigen Sie bitte, wir müssen …» «Mum!, Sir!, Eliza! …»

Als sie sich Grange näherten, machte sie eine große Federwolke nachdenklich und ängstlich – unter den gegebenen Besonderheiten dieses Tages –, so dass sie es als Feuer auffassten, und sie wurden angespornt, zu galoppieren. «*Das fehlte grade noch!*» hörte man darauf den aufgebrachten Henry Green sagen. Sie brauchten jedoch nicht lange, um zu merken, dass sie sich täuschten … es war nun klar, dass es die Ausdünstungen des Atlantiks waren. «*Gott sei Dank!*» brachte Frau Emily hervor, während sie sich bekreuzigte.
Hierauf erleichtert, setzten sie jetzt ihren Weg in normalem Schritt fort. Und als sie ihre Farm erspähten, sagte die Letzte wieder epigrammatisch: «Ende gut, alles gut!»

*

Während er seine Uniform anzog, mit seinem Schwert und Gewehr, fiel ihm die Gestellung bei der Armee ein, wo alles geschniegelt sein sollte, und der Rapport für sie, wo eine deutliche Wortformulierung erfordert war. Ein Hauch von ungeduldiger Sorgfältigkeit streichelte ihm das Herz, labte ihm, erfüllte ihm die Seele. Diese Bekanntschaft war für ihn ausschlaggebend, sie würde ihm die Auserwählte seines Schicksals genehmigen.
Er nahm sein Geschenk, er hätte es gerne in irgendetwas eingepackt, aber wusste leider nicht worin, steckte es also in seinen Sack, schlug mit dem Pferd eines seiner Kameraden und den Glückwünschen seiner Soldaten den Weg nach Grange ein.

Als er das Letzte erreichte, war Eliza die Erste, die

ihn sah, und sie ging sofort hinunter, um ihn einzuholen. Nachdem er abgesessen war, sagte er anmutig zu ihr: «Der Tag ist dein, unser; du hast ihn mit deiner Schönheit und deinem Charme gestohlen. Nur die Götter könnten, deinen Wunsch nicht erfüllen.» «Dein Kompliment in Gottes Ohr», wünschte sie ebenfalls anmutig.
So schritten sie beide zusammen zum Pferdestall, um das Tier zurückzulassen, wo Edward sie auch zärtlich küsste. Dann öffnete er seinen Sack und zeigte ihr sein Geschenk. «Was meinst du, wird 's deinem Onkel, deinen Angehörigen gefallen?» fragte er sie. Sie nahm es in ihre Hände und las schwach: «*Alcudia de Mallorca.*» «*Der ist doch exotisch, teurer Wein, und aus Spanien!*» wunderte sie sich, wobei sie ihre Lautstärke stufenweise steigerte und dabei ihren Blick zu ihm hob, «... du hast dich verausgabt; woher hast du dir diesen geholt?» «Ich hab' ihn mir beim Hafen verschafft – 's kann sein, dass ich ihn sogar noch billiger bekommen habe.»

«Onkel!, Tante! – Edward ist da!» – nachdem sie ins Haus eingetreten waren –.
«Ja, einen Moment!» hörte man ihre Tante aus der Küche.
«Edward, willkommen!» grüßte der Onkel ihn, aus dem Wohnzimmer gekommen, indem er ihm seine Hand gab.
«Danke, ich freue mich, Sie wohlauf zu sehen, Sir.»
«Willkommen, Edward!» dann auch Frau Green, indem sie ihm auch die Hand anbot.
«Danke, ich freue mich, Sie wohlauf zu sehen, Mum.»
«Eliza, hilf Edward mit seinen Sachen, und wechselt dann zum Wohnzimmer über. Mich müsst ihr für 'ne Weile noch entschuldigen ...» sagte ihre Tante und wendete sich dann ihrer Beschäftigung zu.

… «Also … Hattest du eine angenehme Reise nach Grange?» fragte ihr Onkel im Empfangszimmer.
«Ja, angenehm … nichts Besondres, Unvorhergesehnes, Sir.»
«Habt ihr jemanden von diesen Partisanen festgenommen?, oder auch von andren Faktionen?»
«Leider niemanden, noch niemanden, Sir. Aber die wollen wir uns mal langen, sie werden in unsre Hände fallen … die können was erleben!»
«Neuerdings sind sie übermütig geworden; sie betrachten sogar Eingeborne als Feinde, Iren. … Und in meiner Person sehen sie 'ne eingebildete, unechte Englandfreundlichkeit, die sie fanatisiert, sie verblendet – sie sind gefährlich bedrohlich geworden. … Grange wird geschützt, aber schmutzige Finger und Verschwörungen gibt's leider immer.»
«Auch wir wurden verstärkt und drängten uns zusammen, Sir, wiederum ist ihre Lokalisierung und Festnahme jedoch nichts Leichtes.»
«… Aber jetzt lass uns doch damit aufhören und ein paar Worte zu unsrem Thema sagen.» «Sag mir doch mal, liebst du Eliza?» fragte der Vormund sympathisch.
«Sir, ich bin ein einfacher Infanterieoffizier; und erlauben Sie mir zu erklären, auch noch Fahnenträger. Ich bin kaum zweiundzwanzigjährig und erwarte Beförderungen. Okay, 's ist zwar nicht so, dass mein Gehalt ein großzügiges ist, aber ich glaube, dass unsre Lieb' es zu einem solchen machen wird. *Ich liebe Eliza und halte hiermit offiziell, Sir, um ihre Hand an*» – die letzteren affirmativen und fordernden Worte mit besonderer Deutlichkeit –.
«Tja, die Liebe bezwingt alles. Glückwünsche allen beiden», resignierte der Tutor somit.
«*Onkeel! …*» sprach Eliza spontan und überschwänglich

aus, und froh umarmte sie warmherzig ihren Onkel.
«Danke sehr, Sir! Ich werde Sie bei dieser Ihrer Entscheidung nicht enttäuschen», drückte Edward gerührt aus.
«Und dann, Edward, 's ist nun an der Zeit, leg du mir gegenüber dieses 'nem *Fremden* geziemendes Sir ab, oder was meinst du?» sagte Herr Henry mit einem irgendwie lächelnden Air.
«Wie Sie wünschen, Sir.» – «Ausgezeichnet!» hörte man den Onkel Elisas, wobei die Letztere lachte. – «Ach, nein! ...»
...
«Verzeiht, wollt ihr nun bitte zum Esszimmer überwechseln?» forderte Frau Emily auf, inzwischen im Wohnzimmer erschienen.

Nachdem sie sich gesetzt hatten und das eingewurzelte Gebet stattgefunden hatte, und als sie im Begriff waren, das Diner anzufangen, erinnerte Eliza sich: «Ach, einen Moment, bitte!», und, aufstehend: «Edward, erlaubst du?», und ging Richtung Garderobe.
Binnen kurzer Zeit kam sie zurück, während sie mit ihren Händen etwas hinter ihrem Rücken verbarg; und dann setzte sie alle in Erstaunen: «Et voici! ... von Edward.»
«Ah ...!» stieß ihre Tante aus, während ihr Onkel es, nachdem er es in seine Hände genommen hatte, aus der Nähe besah und darauf sagte: «Alcudia de Mallorca; Spanien – ein guter Wein.» Dann, nachdem er ihn aufgemacht und in ihre Gläser geschüttet hatte, brachte er einen Trinkspruch aus: «Auf Edward und Eliza!», und trank ein wenig – so auch die anderen.
Aber sodann, als er das irische Gericht [Irish stew] probiert hatte, konnte sich auch Edward ein Kompliment nicht verkneifen: «Gesegnet seien Ihre Hände, Frau

Green, gratuliere! So ein leckres Gericht hab' ich ja noch nie zuvor gegessen!» «Ja, aber, auch Eliza stellt dran ihre Künste unter Beweis», sagte Frau Emily. «Oh, Verzeihung, Eliza!, dann gratulier' ich auch dir.» – Eliza lächelte.

Als das Mahl beendet war, befassten sich die Männer mit dem Schach; während die Frauen aufräumten.

Und als die Zeit rief, verließ Edward sie mit ihren Glückwünschen, wie es zuvor bei seinen Mitsoldaten war, aber auch mit der nunmehr *erlaubten* Liebe Elizas.

*

Während dieser Jahre kannte Irland ein besonders turbulentes Leben, mit unbeständigen Ansichten und Auffassungen. Zwei große, stürmische Strömungen wüteten und geißelten das ganze Land: die politische und die religiöse.

Die englische Besetzung drang jahraus – jahrein immer tiefer in den Lebenscharakter der Iren ein. Deswegen erhoben sich viele und verschiedene Widerstandszusammenschlüsse, und versuchten die Autorität des englischen Joches abzuschütteln, oder wenigstens aufzuwiegen.

Unter den verletzten Elementen natürlich auch die Sprache: Die hiesige *Gaeilge* wurde durch das sich durchsetzende Englisch allmählich verdrängt. – Eliza konnte beide Sprachen. Ihre Angehörigen konnten die neue, fremde jedoch nicht richtig.

Nun, was die religiöse Strömung – ein Bouquet von ziemlich vielen Anschauungen und Kredos – betrifft, diese durchfurchte mit ihren leidenschaftlichen, blinden Predigthorden buchstäblich die Insel. Die Leute wussten nicht wem und was sie glauben sollten. Es versteht sich, dass die feindlichen Haltungen und die Zwischenfälle auch hier nicht fehlten. Die traditionellen kirchlichen Prinzipien wurden allmählich schwächer, und moralische Entgleisungen schienen durch und blühten auf.

Diese christliche Zerrüttung war so weit gegangen, dass sie sogar die Sakramente der Kirche erreichte. Charakteristisches Beispiel die Geschichte mit dem Ehering:

Da die Figuren und die Worte, die man in ihn kerbte, ihm einen paganistischen Einschlag gaben, gemäß der Kirche, hatte diese bei denen, die einen solchen Ring trugen, ein Veto gegen das Sakrament der Ehe eingelegt. D.h., du müsstest dich entweder trauen lassen mit einem akzeptablen Ring oder sogar *ohne ihn (!)* – Ja, so weit ist es mit dem Klerus gekommen! ...

(Natürlich bildete das Obige nur ein Beispiel von vielem und verschiedenem.)

Zu diesem Degenerationszustand hatte, natürlich unfreiwillig, auch König Georg III beigetragen, der, geistesgestört und in vorgerücktem Alter, seinem Sohn, König Georg IV, welcher, bekanntlich, einen skandalösen und keineswegs sich für Politik interessierenden Typ konstituierte, das Zepter, notgedrungen, übergab.

Die Familie Green widmete sich immer ihrer traditionellen katholischen Kerbe. So setzte auch Eliza mit ihrem Geliebten fest, sich an den nahenden Festtagen, Heiligabend, zu Hause, in diesem ihrem engen Familienkreis, zu verloben; sie gab es also ihren Angehörigen bekannt. Sie waren einverstanden, und zwar sagte ihr Onkel zu ihr, dass er selbst die Beschaffung der Ringe übernehme, als sein Geschenk zu Weihnachten.

... «Aber, Onkel, die Eheringe bringt der Bräutigam. Ist

das nicht 'ne Beleidigung für Edward?»
«Keine Beleidigung. Edward wird dich außerdem sein ganzes Leben lang haben, um dir Geschenke zu machen.»
«Ja, aber ... Gut, wenn du's so willst ...» «Doch will ich, dass sie hübsch sind; ziseliert und mit Ornamenten, Onkel», bemerkte sie.
«Ja, in Ordnung», versprach er.
«'s wäre aber gut zu wissen, bevor wir die Bestellung aufgeben, ob sie in Einklang mit den Ansichten der Kirche stehen. Nämlich, ich meine, da wir sie auch in der Trauung tragen werden, wäre's gut, wenn ich sie zuerst dem Vater Acacius beschreibe, vielleicht ...»
«Lass mich zuerst handeln, dann werden wir bald Bescheid wissen», sagte ihr Onkel.

Und nach einigen Tagen:
«Also, die Eheringe, Eliza, werden so aussehen: Ihre Innenseite wird aus weißem Gold sein und eure Namen tragen, das weißt du ja, vice versa – Deiner wird ein *Edward* mit englischen Buchstaben haben; Edwards ein *Eliza* mit gälischen. Ihre Außenseite wird aus gelbem Gold sein und ein griechisches Wort ziseliert haben, das Fisch bedeutet und Jesus Christus symbolisiert, eine keltische Triquetra, die die heilige Dreieinigkeit symbolisiert, und einen unendlichen Knoten, mit andren Worten *Liebe ohne Ende*. ... Was sagst du dazu?» meinte ihr Onkel.
«Ja, sicher, ich finde sie schön; aber lass mich mit Vater Acacius sprechen, und wir werden sehen.»
«Mach 's, und wenn ja ... bestellen wir sie.»

Am nächsten Tag ging Eliza nach Sligo, wo sie mit dem Priester über diese Frage redete. Nach der Beschreibung genehmigte er die Ringe und machte auch noch eine Bemerkung. Er sagte ihr, dass das griechische

Wort *ΙΧΘΥΣ* sei, und erklärte ihr, was in diesem steckt: I für *Iisus*: Jesus, X *Christos*: Christus, Θ *Theu*: Gottes, Y *Iios*: Sohn, Σ *Sotir:* Erlöser – *Jesus Christus, Gottes Sohn, Erlöser.*
«Ah, so!» sagte Eliza schwach und mit der zusammenhängenden Verwunderung, und dann fügte sie hinzu: «Heil'ger Vater, wenn das so ist, dann können wir die Eheringe bestellen.»
«Ja, mein Kind, gewiss.»
«Danke, Vater Acacius.»
«Gott segne dich, meine Tochter.»

Unter den gegebenen Umständen gab es in Sligo, wie auch im Allgemeinen anderswo, keinen Handwerker für Ringe. So war damals die Entdeckung eines solchen Künstlers einerseits nicht so einfach, andrerseits wollte Herr Green sie zusätzlich, aus seiner schmackhaften Laune heraus, beim besten des Landes ordern ... was er auch tat – in Dublin. – Das kostete ihn natürlich viel, aber ...

*

Nach ihrer Verlobung unter der Weihnachtsatmosphäre, mit dem traditionellen Kuchen sowie den entsprechenden Geschenken – Handschuhe, Schal, Pullover u.a. (Meistens hausgemacht.) –, nach dem Valentinstag, mit seinen Blumen und Parfümen, nach den Osterleckereien rückte auch die begehrte Stunde ihrer Trauung heran.
In einem gewissen Augenblick machte Eliza ihrem Onkel bekannt, dass sie in Cork zu heiraten wünschte, und nicht in Sligo. Er, erstaunt, fragte sie, wie es dazu kommt. Dann erzählte sie ihm:
«Als mein Vater noch ein kleines Kind war, damals, wo sie in Cork lebten, bei den Religionszwischenfällen seiner

Zeit, wurd' er am Kopf verletzt und verlor die Besinnung. Ein gewisser Kapuziner der dort'gen Bruderschaft der Heil'gen Dreifaltigkeit pflegt' ihn mit seinen Kräutern, bis er gesund wurde. Als er herangewachsen war und sich dessen bewusst wurde, gelobt' er sich, was für diese Kapuziner zu tun. Jedoch entriss ihn die Zeit, durch ihr Laufen und dessen Beanspruchung durch seine politischen und militärischen Überzeugungen, diesem seinem Versprechen. Indessen, bevor er von uns ging, hat er auch das erwähnt.»

Sodann brachte Onkel Henry ihr Verständnis entgegen. – Cork war ja weit entfernt; und deshalb nicht besonders gut erreichbar. Aber ihr Onkel versprach ihr, dass sie auch dort anwesend sein werden.
Die Aussteuer war fast schon bereit und schließlich nicht sehr groß, und beinahe ausschließlich hausgemacht. Das meiste von seiten Elizas und wenig nur von Edward – von seinen Angehörigen, seinen Kameraden und sich selbst –.
Das Haus, in dem sie wohnen würden, das von Eliza selbst, von ihrem Onkel – Natürlich würde das nicht ihren Dauerwohnsitz bilden. Andrerseits konnte der Bräutigam sich auch nicht, aufgrund seiner Militärpflichten, ständig in Grange aufhalten, er würde nicht jeden Tag bei ihr sein.

Ein paar Tage vor der Trauung schlug ein vierräderiger Wagen, mit vier, ausgewählten Pferden, mit Onkel Henry, Tante Emily, Eliza und Edward, und mit zwei Truhen voller Kleidungsstücken, einem Ballen Lebensmittel und einigen anderen nötigen Dingen, den Weg nach Cork ein. Nach zwei Tagen Weg lag ihnen Limerick gegenüber. Und dann folgte ein anderer Wagen mit ebenfalls vier

Pferden, der Stiefmutter, den drei Stiefgeschwistern und dem Bruder Elizas, Thomas, auch nach Cork.
Als sie ankamen, nach wiederum zwei Tagen Weg, kamen sie in verschiedenen verwandtschaftlichen Häusern unter. Die von Grange beim Bruder Elizas, John; Thomas bei seiner Schwester, Mary, und die Stiefmutter mit den drei anderen eigenen Kindern in ihrem Vaterhaus, das jetzt ein Bruder von ihr bewohnte.

Am Tag der Hochzeit selbst – 29. April 1820 – glänzte Eliza, Bräutchen, in ihrem Brautgewand. Ihr elegantes, ausgesuchtes Brautkleid, wenn auch nicht von den teureren, akzentuierte ihre Schönheit, unterstrich ihre Feinheit. Und der Schleier über ihren Haaren, eben erst lanciert, setzte seinen Pinselstrich hinzu, verlieh diesem ihrem Sortiment seinen Charme.
Edward strahlte andrerseits in seiner feierlichen Uniform.

Unter den Eingeladenen seitens der Braut waren auch ihre beiden Vettern anwesend, die Söhne des Onkels Henry und der Tante Emily, die aus Schottland gekommen sind. Seitens des Bräutigams seine Angehörigen, die aus Liverpool gekommen sind.
Auch die Kirche feierte und ließ ihre Orgel mit ihrem Kapuziner Mönch und Chor erklingen. Offiziant war der Vater Alexander, er freute sich über diesen glänzenden Tag. Kirchliche Hymnen besiegelten am Ende dieses Sakrament der Ehe.

Der Onkel Elizas schenkte etwas Geld für die Kirche. Und nach diesen rührenden Augenblicken, wieder der Weg nach Limerick und Grange. Während das neuvermählte Paar zum kurzen Honigmond aufbrach und die Küstenpostkutsche nahm.

Die Fahrt über besichtigten Edward und Eliza die ne-

benliegenden *Gärten von Killruddery,* die damals schon eine bekannte Sehenswürdigkeit waren.
Und von Dublin wieder zurück nach Grange.

Als sie zurückkehrten, gab Onkel Henry, schon am nächsten Tag, ein großzügiges Essen mit Musik. Außer einigen Verwandten der Greens und den Verwandten Edwards waren das Arbeitspersonal, ein paar Militärkameraden des Letzteren sowie gewisse Mönche mit Vater Acacius dabei. Auch hier ließ die Braut sich ihre talentierten Tanzgaben anmerken.
Später, als die Leute sich gelichtet hatten und die Abenddämmerung die Fackeln angezündet hatte, brachten das Gewieher, die Schreie der übrigen Tiere und der Rauch alle dazu, sofort dorthin zu eilen. Das Feuer nahm, glücklicherweise, keine großen Ausmaße an und konnte kontrolliert werden; und so wurden ernste Zerstörungsschäden verhindert.

Herr Green, verärgert, ¨wusste wer es getan hatte, aber ein entscheidendes Unternehmen seinerseits hielt er für blind, vergeblich; hier wäre eine organisierte Mobilisierung nötig gewesen.¨

*

Ihr neues Leben als Verheiratete war süß für sie, da es ihre Liebe war, die die Schmerzen und Bitternisse des Lebens beseitigte, die sie alles verschmerzen ließ. Eliza erwartete jetzt ein Baby. Die natürliche Tatsache der Schwangerschaft und der Entbindung wirkte sich auf sie störend aus. Die Herzlichkeit ihres Gatten und der Menschen ihrer Umgebung sowie das entstehende mütterliche Gefühl konnten diese hässliche Seite, diesen schwarzen Schatten dessen, was ihr selbst, ihrem Kind oder beiden eventuell passieren könnte – einschließlich des Todes selbst – nicht verbleichen lassen, unterdrücken.

Die allgemeine Häufigkeit und Schwere der Komplikationen war ihr natürlich bekannt, und sie hatte daher, sozusagen, eine Bombe in ihrem Bauch, eine Bombe in ihrem Hirn.

Und dieses Sich-wieder-Erinnern an das noch immer frische und feuchte tragische Ereigniss der Prinzessin Charlotte – kaum zwei Jahre zuvor –, welche ganze zwei Tage und zwei Nächte lang mit der Geburt und dem Tod selbst dramatisch schwerkämpfte, um ihren toten Spross zur Welt zu bringen und dann sich selbst aufzuopfern, wühlte sie auf, versetzte sie in Angst, terrorisierte sie.

Da sie literarische Romane und Gedichte las, sah sie sich dem damaligen, kaum vor einem Jahr herausgegeben und in der Öffentlichkeit Echo hervorrufenden Buch mit dem Titel *Frankenstein* gegenüber, dessen hinreißender Inhalt sich ihr eingeprägt hatte und in ihr jetzt haarsträubend auftauchte.

Dann ließen sie die allzu sehr divergierenden damaligen Ansichten zur Schwangerschaft und Geburt misstrauisch, verwirrt werden:

Die Kirche, in ihrer Überzeugung zur Heiligen Schrift streng und unumstößlich, was den Schmerz betrifft, unterstützte das Verbot jeglichen Interventionsmittels, das auf die Verringerung oder dessen Entfernung abzielte – die Frau musste also *unter Schmerzen* gebären. Das war ihrer Meinung nach auch eine Entsühnungsmöglichkeit derselben.
Für Eliza konstituierte das eine quälende Unschlüssigkeit; aber doch ...

Andrerseits griffen einige auf das Opium oder auch auf sein Tochtermorphium zurück. Das Erstere überschwemmte den Markt, das Zweite war etwas schwerer zu finden. Wobei die Ärzte gegen deren Gebrauch seitens der Hebammen ein Veto eingelegt hatten. Jedoch ...

Andere adoptierten wiederum die Hypnose, aber das nur in beschränkten Fällen, weil es von Scharlatanen nur so wimmelte.

Das populärste Gegengift, immerzu für die Mutterwehen, war jedenfalls das Mandelöl oder das Olivenöl. Tücher, in diese erwärmten Flüssigkeiten eingetaucht, wurden auf den Bauch der Gebärenden gelegt; aber ihre Wirksamkeit war umstritten.

Nun, was die Geburtszange angeht, wegen ihres zügellosen Missbrauches und ihrer Gefährlichkeit, beruhigten die sich widersetzenden Stimmen sich nicht. Die Ärzte beharrten auf die Vermeidung der Hypnose und der Opiate – weil sie ihrer Meinung nach mehr Schaden als Nutzen hervorriefen –, und lenkten die Aufmerksamkeit der Benutzer auf die vorhergenannte Zange.

... So, von den Obigen sowie von jenen jemaligen barbarischen und abscheulichen Gebärmuttereingriffen beeinflusst, die die Abnahme eines Gliedes, oder des Kopfes (!) selbst, des Babys herbeiführten – um das Kind herauszuziehen und die Mutter zu beschützen –, wachte Eliza an manchen Nächten erschrocken auf, in Schweiß gebadet, unter Alpdrücken, wegen der verschiedenen durchlaufenen terrorisierenden Eindrücke. Trotzdem, solange sie im Spiegel ihren Bauch größer werden sah und die Hand ihres Gatten auf ihrem Sprössling spürte, und wie er strampelte, empfand sie Freude, Hoffnung und ihr Herz flatterte.

Eliza und Edward hatten unter Ärzten und Hebammen eine gute Geburtshelferin in Sligo, *Wehmutter Mary,* ausgewählt, welcher sie natürlich Nachricht gaben, bei der nahenden Zeit der Geburt in Bereitschaft zu sein – was dann auch geschah.

*

1821, 17. Februar

«*Au!, au!, Edward!; au!, Edward! ...*» hörte man Eliza, während sie sich vor Schmerzen krümmte und ihre Hand an die Kommode lehnte.

«*Eliza! ...*» stieß Edward aus, sobald er sie so sah, und eilte sofort zu ihr. «Ins Bett!» indem er ihr half sich hinzulegen.

«*Auweh!, auweh! ...*» hörte man sie wieder, und zwar intensiver. «*... die Wehmutter! ...*»

«MRS. EMILY, SCHNELL, HIERHER!» schrie ihr Mann.

«Oh, Eliza, die Schmerzen! ...» brachte diese leise vor, als sie sie sah, nachdem sie in ihr Zimmer eingetreten war.

«Ich geh' sofort, ... nach Sligo», sagte er besorgt und eilig, wobei er zart ihre Hand streichelte und sie süß auf die Stirn küsste.

«Edward, sei vorsichtig, Darling», sagte sie inmitten ihrer Schmerzen. – Er nickte bejahend und verließ sie.

Er lief in die Ställe, legte eilends *zwei* Pferden den Sattel, die Zügel an, und machte sich auf den Weg nach Sligo. Dadurch, dass er frenetisch galoppierte, brauchte er nicht lange, an deren Tür zu erscheinen. Lebendiger klopfend, sagte er dabei klangvoll und dezisiv: «*Wehmutter Mary, schnell, Eliza gebärt!*» In minimaler Zeit öffnete sich die Tür, und ein Lehnsessel befand sich in seinen Händen, den er sich anschließend auf seinen Rücken band. Die Geburtshelferin, auch sie mit einem Ballen auf ihrem Rücken, stieg auf das andere Pferd, und in Kürze war der Weg nach Grange fast schon zurückgelegt.

Inzwischen hatte Frau Emily die nötigen Vorbereitungen getroffen – wie die Hebamme ihr gesagt hatte –: ein genug warmes und schattiges Zimmer, ausgebreitete Wäsche und bestimmte andere Dinge.

Als sie in ihr Gemach eintraten, war die Lage fortgeschrittener; die Niederkunft stand vor der Tür, und der Gatte musste hinausgehen. «Beruhig' dich, beruhig' dich, meine Gute, und's wird alles gut gehen», hörte man die beschwichtigende Stimme der Hebamme, die mit der Berührung ihrer Hand und ihres Blickes harmonisierte. Ihre Worte brachten Eliza Erleichterung, aber sobald sie im aufgefalteten Ballen so viel Unterschiedliches und auch noch eine Geburtszange und das Skalpell sah, rief sie im Innern in ihren unerbittlichen, ausgeschwitzten Bissen die Muttergottes an. Sie wurde sorglich auf den Speziallehnsessel verlegt, und bald nahm ihr Kind seinen dornigen und schmerzlichen Weg auf sich.

Edward, draußen voller Spannung, wartete darauf, das charakteristische Weinen des Neugeborenen zu hören – und endlich kam es dann auch. Aber wieder konnte er nicht eintreten; er musste warten.

Das Baby wurde abgewaschen und gesalbt, auf der Stirn bekreuzigt und neben seiner Mutter hingelegt.

Danach wurde die Tür geöffnet, und der Gatte konnte endlich auch zu ihnen.

Eliza war zwar erschöpft, aber das timide, bescheidene, süße Lächeln auf ihren Lippen verriet ihr stilles Hochgefühl.

Edward, jetzt voller Freude, streichelte ihr zart die Hand, küsste sie mild und nahm dann das Wickelkind sanft in seinem Arm – seine Tochter.

Nach einer Weile kehrte aus den Feldern auch ihr Onkel zurück, welcher sich natürlich ebenfalls freute.

Und nach diesen glücklichen Momenten musste die Mutter ein paar Tage in ihrem Zimmer bleiben, bis sie ihr neues Leben wieder aufnahm.

*

Das Neugeborene wurde, im Zimmer seiner Eltern, in das Bettchen gelegt, das Onkel Green eigens dafür gemacht hatte, und das auch ein hübsches Hängespielzeugchen hatte.

Die sorgfältige Pflege und die Anhänglichkeit, welche diese kleine Kreatur in der ersten Zeit vierundzwanzig Stunden rund um die Uhr von ihren Eltern erfordert, ist bekannt. Edward half entschieden mit bei dieser mütterlichen Pflicht, bei diesem natürlichen, heiligen Opferwerk der geprüft werdenden Eliza.

Aber auch die einzigartigen Augenblicke, in denen es *Mama* und *Papa* hervorbringt, der erste Wortschatz, die ersten Schritte, die ersten Laufereien bargen für sie, wie es natürlich war, unvergessliche Emotionen.

Geplant war, das Kind an Edwards Ort, in Liverpool, taufen zu lassen. Bei dieser Gelegenheit würden sie auch ihre Angehörigen sehen. Die Militärischen Tätigkeiten mit den wiederholten Lagerveränderungen ließen aber keinen Spielraum für so etwas. So verging die Zeit und das Kleine blieb ungetauft, bis auch diese Stunde endlich kam.

Für den kleinen Täufling würde diese große Reise mit diesem großen Schiff in seinem nachherigen Leben die kleinste Reise mit dem kleinsten Schiff darstellen, da das Geschick dieses Mädchens sie quecksilbrig und als eine Landstreicherin in die vier Horizonte des Horizontes zerstreuen würde.

In Liverpool wohnten sie bei der Mutter.
Am Tage der Taufe selbst – 16. Februar 1823 – befanden sich Edward, Eliza und übrige Verwandten, sonntagsmäßig angezogen und mit dem Kleinkind, das dasselbe hübsche weiße Taufkleidchen trug wie auch seine Mutter einmal, im Raum der Sankt Peters Kirche.

Seine Patin war seine Großmutter, die Mutter Edwards.
Als der Priester sich eingefunden und die Zeremonie angefangen hatte, kam bald auch der Augenblick, wo man ihn, indem er das getauft werdende besprengte, auf Lateinisch hörte:
«*Elizabeth Rosanna, ego te baptizo in nomine Patris et Filii et Spiritus Sancti.*»
«*Amen*», wünschten Eltern, Gevatterin und die Übrigen.

So wurde das Kind auf den Namen seiner Mutter, *Eliza*, und zusätzlich *Rosanna* getauft. Aber es wird nicht dieser Doppelname sein, der es in seinem nachmaligen Erwachsenenalter begleiten wird. Ein anderer, adoptiert, wird ihr seinen Charme, seine Verfluchung und den Zauber ihres Schicksals verleihen.

*

«Neue Mären», sagte Edward in ernstem Ton zu seiner Frau, wobei er seine Kleine, die gekommen war, ihn einzuholen, auf seinem Arm hatte.
«Und das wäre?»
«Regiment 25 fährt nach Indien.»
«... *Indien!? ...* [«*Indien*», brachte auch die Kleine mittlerweile hervor.] *Und wann ...?*» Eliza mit matter Stimme.
«7. März, Blackwall Londons.»
«... *Aber es sind nur zwei Wochen bis dann!? ...*» ebenfalls matt.

«... So ist die Armee ...» mit seinem Kopf nickend.

Und als die Zeit der Abreise näher rückte, wurde ihre Tochter krank: hohes Fieber, rote Hautflecken, ... Wegen dieses Unvorhergesehenen wurden sie billigermaßen in Grange zurückgehalten. Jedoch wie diese beunruhigende Situation plötzlich da war, ebenso plötzlich war sie wieder verweht.

Und, nachdem die Kleine wieder völlig gesund geworden war, verließen die Gilberts ihren Ort mit den besten Wünschen ihrer Männer, um ihre Kerbe zu folgen.

Am 14.3.1823 befand sich die Familie bei den Docks der Themse.

Zu ihrem Glück, genau an jenem Tag, fuhr ein Schiff – *Bridget* – von Gravesend ab, wenn auch nicht nach Indien, sondern nach Australien.

Edward, als er diesen imposanten Träger der Ozeane sah, wendete sich an seine Frau und sagte: «Glück im Unglück ... Nun werden wir mit dieser Seeratze die Woche, die wir verloren haben, wieder zurückgewinnen. Sicher, wenn alles gut geht, werden wir schneller zum Kap der Guten Hoffnung gelangen.»

Leider aber *der Mensch denkt, Gott lenkt.* Die Verschärfung der widrigen Wetterverhältnisse quälte die Bridget, so dass sie sich deswegen in ihrem Ziel verspätete.

Schade auch um die kleine Eliza mit ihrem wiederholten Erbrechen.

Als das Schiff schließlich im Hafen der Guten Hoffnung vor Anker ging, hieß sie dort ein neues Abenteuer willkommen. Der Gouverneur dieser Kolonie, Lord Charles Somerset, nachdem er sie gerufen hatte, berichtete ihnen das Folgende:

«Gentlemen, unsre Kolonie erlebt schwere Zeiten. Zu diesen Stunden kämpft unser Militärpotenzial an der Front mit den Xhosa, den schwarzen Eingeborenen; und mit den Boers, im Wesentlichen ortsansässigen Holländern, die Lage ist bedenklich. Die Ersteren beanspruchen ihre Ländereien und ihre Vorrechte, die Zweiten, mit dieser ihrer nunmehr sichtbaren und zornglühenden Feindschaft uns gegenüber, fordern entschieden die Abschaffung unsrer Macht. Deswegen erbitten und begrüßen wir jegliche Hilfe. Wir ersuchen Sie also auch um Ihren Beitrag zu diesem heil'gen Werk der Kolonie, des Vaterlands, des Königs Georg IV.»

Hierauf erklärte der Kapitän von Bridget, dass die Befehle, welchen er unterliegt, unübertretbar seien, und deshalb das Schiff nicht dort bleiben könne, sondern seinen Weg bis zu seinem Endziel fortsetzen müsse. Er sei jedoch geneigt, einen Teil von seinen Männern zu diesem Zweck dazulassen. – Uns so geschah es.

Edward, nachdem er all dies gehört und gesehen hatte, entschloss sich, sich auch anzubieten, da er es für eine dringendere Pflicht hielt als seine rechtzeitige Anwesenheit in Indien.

Zu seiner Frau und seinem Kind zurückkehrend, machte er ihr auch die neue Mär bekannt.

«*Daddyy! ...*» schrie die kleine Eliza auf, sobald sie ihn sah, und lief zu ihm.

«Wir gehen nicht weiter, wir bleiben hier.» sagte er, als er sich seiner Gattin näherte.

«Was sagst du denn da?!» fragte sie überrascht.

«Wir werden hier bleiben; die Kolonie befindet sich im Kriegszustand; sie braucht Männer.»

«Aber mussten sie denn grade dich zurückhalten? ...»

«Sie haben mich nicht zurückgehalten, allein hab' ich's so

gewollt; und außerdem wird 'ne Gruppe der Schiffsbesatzung ebenfalls hier bleiben. So sind wir etliche, die ihnen helfen.
«Und wo werden wir wohnen?»
«Das ist kein Problem, 's hat Platz genug in den Bungalows.»
«Und wie lang wird diese Geschichte dauern?»
«Man glaubt nicht allzu lange.»
«Wenn's so ist, was soll man da machen? ...»

Nach den erfolgten Bekanntschaften, Vorstellungen und ihrer Unterbringung ging Edward zusammen mit den übrigen Männern zum Osthinterland fort. Als sie dann an der brennenden Front angekommen waren, traten auch sie gleich in Aktion.

Diese zweifarbigen, ungleichen Schlachten, die schließlich nicht über zwei Wochen dauerten, mit den Xhosa, die mit ihren allerlei primitiven Kriegsmitteln kämpften, und den Engländern mit den modernsten, konstituierten für die Letzteren, wenn auch für sie gewohntermaßen, karikaturistische Versteckkriege.

Die Rebellen wurden niedergeworfen, und die Boers schwiegen, da die Ersten ja auch für sie eine unerträgliche Qual bildeten. Der erzielte Frieden war aber nicht ein Frieden an und für sich, sondern nur ein vorläufiger, Frieden dem Schein nach, immer wieder untergraben von den sich widersetzenden Seiten. Dies nun berücksichtigend, brachte der Gouverneur in der neuralgischen Zone frisch angekommene irische Farmer unter, um einerseits die Xhosa zurückzuhalten und andrerseits die Boers aufzuwiegen. Trotzdem ...

Als die Soldaten wieder zurückkamen, unter den Klängen von Lobeshymnen, wurden Edward und die übrigen der

Besatzung vom Statthalter mit dem Siegesorden der Kolonie ausgezeichnet und zu den Akten gelegt.

Zu dieser Zeit, wenngleich eine kurze, wo ihr Gatte fehlte, akklimatisierten sich Eliza und ihre Kleine in ihrer neuen Umgebung und schlossen neue Freundschaften, und die Wahrheit ist, dass, als die Stunde gekommen war, den Ort von Guter Hoffnung zu verlassen, ihre Lust zum indischen Horizont abgeflaut war und sie mit Verbitterung von dort abreisten.

*

Der East Indiaman *Repulse* segelte seit langem im Golf von Bengalen und nahte sich schon seinem Ziel, dem Diamond Harbour. Plötzlich erschütterte ein Kanonenschuss seine Ruhe und ließ ihn zu seinen Kanonen eilen. Als der Feind – portugiesische Piraten – im Nebel geortet wurde, waren seine Gegenkanonenschüsse energisch.

Der Ostindienfahrer war eigentlich kein Kriegsschiff, er war nämlich nicht permanent militärisch bemannt, aber seine über sechzig Kanonen mit ihren Seebären-Kanonieren vermochten, eine richtige Antwort zu geben, wenn diese nötig war.

Der Kapitän befahl, zu ihrer Sicherheit, Frauen und Kinder einzuschiffen und sie zur nebenliegenden bombardierten Festung Chingrikhali zu flüchten. So wurde auch Eliza mit ihrem Kind hinter diesen halbruinierten Mauern beschützt. Während Edward, als Militär, im Feuerfeld stehen musste.

... Die Schlacht wurde gewonnen, und die Repulse landete mit relativ kleinen Verlusten und Schäden in ihrem Hafen.

Auf den indischen Gewässern segelnd, schien es ihnen noch nicht so, als befänden sie sich schon in Indien. Das verhältnismäßig große Schiff, die Reisebequemlichkeit, die englische Atmosphäre verschleierten die wirkliche Impression. So, den Fluss Hugli unter dem Gezeitenschub vom Indischen Ozean überquerend, legten sie neunzig Meilen zurück, und nach zwölf Stunden kamen sie in der Festung William (Kalkutta) an, wo sie ins Wasserfahrzeug umsteigen mussten.

Unsere *Dramatis Personae* hatten zwei Möglichkeiten an ihr Ziel, *Dynapur,* von der Festung William zu Lande fast 400 Meilen entfernt, und zu Fluss noch viele mehr, anzukommen:
Der trockene Weg, hinsichtlich des Abstandes kürzer, aber zeitlich schließlich nicht schneller, hauptsächlich durch kastrierte Rinder, Pferde, Kamele und Elefanten zurückgelegt, war nicht frei von Gefahren: Außer den heftigen Verschärfungen der Elemente der Natur gab es auch noch die habgierigen Räuber, die alle und alles rücksichtslos verwüsteten. Und natürlich war auch die Bedrohung durch die wilden Tiere nicht wegzulassen. Noch dazu kostete er Doppelfahrgeld.
Der Weg des Ganges, finanziell zwar günstiger, barg auch wieder seine Gefahren in sich. Er stellte zu jenen Jahren keine einfache Überfahrt dar, aber buchstäblich eine Abenteuerüberfahrt. Und er war nicht das ganze Jahr über beschiffbar. – Dieses Letzte lag nicht vor in unserem Fall, da die Gilberts im Herzen der periodischen Regen, im Übergang Juli/August, wo die Flüsse mit Wasser angefüllt waren, in Indien angekommen waren.

Nach ihrer nächtlichen Gastfreundschaft in den Hospizen der Festung William segelte am nächsten Morgen ihr neues schwimmendes Haus Richtung Oberhugli ab. Eine kleine Horde von Reisenden, schon untereinander bekannt, aber mit verschiedenen Zielen, belebte seine Umgebung. Dieses, etwas kleiner als jenes des Unterhugli, zog seine Straße etwas langsamer. Sein Endort Kischenahur, an der Mündung des nächsten Flusses Jellinghy.

Eine Kette von Stationen der *Ostindischen Kompanie* brachte sie oft zum Halten für die nötige Ausschiffung/Einschiffung der Reisenden, Abladung/Ladung der Waren, Versorgung der Vorräte und natürlich deren Übernachtung.

Nach vier Tagen, als sie achtzig Meilen durchlaufen hatten, trafen sie am vorbesagten Ort ein, wobei sie als Kulisse immer noch die dichte, verwucherte Dschungelvegetation haben. Hier stiegen sie in ein anderes Flussschiff um – noch kleiner –, in welchem die Zahl der Passagiere drastisch zurückging, das sie ans andere Ende des Flusses führte, an seine Entstehung aus dem Ganges.

Von Kischenahur aus, und mindestens zwei Wochen lang, gibt es nunmehr keine europäische Station, die Vegetation wird charakteristischer und imponierender, die bewohnten Räume lichten sich, mit Eingeborenen, die eine gewisse Furcht und ein gewisses Misstrauen den Weißen entgegenbringen, während ab und zu wieder einige betriebliche Farmen für Baumwolle, Seide und Indigo ans Licht treten.

Die unerträgliche Hitze, besonders schädlich für die Kleinen, ließ sich durch die Regenschirme, Hüte, Fächer und reichliches Trinken von Wasser, im Übrigen gekocht, nicht drastisch beherrschen, so dass sie den Schweiß in Strömen über alle zum Fließen brachte.

Das furchtbare Martyrium der Moskitosmenge, das sie

dazu brachte, sich gnadenlos zu kratzen und sich leidenschaftlich mit Blättern des Zitronenkrautes *Malabar* zu reiben, brachte sie auch zum Überziehen mancher Tüllmoskitonetze, welche das ganze Bild kurios machten.

Sieben erstgesehene Höllentage ließen sie zappeln, ließen sie tief blicken, für das hiesige Indien, für ihr weiteres Indien.

Vor der Tür des großen, heiligen Flusses stehend, im Dörfchen Jellinghy, gerieten sie in stummen Zweifel, indem sie ihr neues Schiff anschauten. Passagiere waren nur noch wenige. Sein Kapitän, ein hiesiger Engländer, als ob er ihnen die Frage von den Augen gelesen hätte, wendete sich an sie und sagte: «SEHT'S NICHT SO, 'S IST EIN STARKES GERÜST! SCHON SEIT JAHREN IST'S VOM HEIL'GEN GANGES GEWEIHT! 'S IST NUNMEHR SEIN DIENER!»

«VON DEINEM MUND IN GOTTES OHR!» wünschte Edward.

«Die Schiffe vom Ganges sind nicht so groß wie die der Themse; obwohl er sehr viel größer ist als unser Fluss. Aber sie fahren gut, gute Segler», ergriff eine Frau nebenan das Wort, und sie fügte hinzu: «Ihr seid hier neuangekommen ..., man merkt 's.» «Mein Name ist Magdalen Matthews, und ich geh' nach Bhagalpur», nahend und ihnen ihre Hand anbietend.

«Edward, Eliza und Eliza Gilbert», präsentierte Edward, seine Hand anbietend, wobei es seine Gattin ihm gleich tat.

«Die Ärmste! ... sie müht sich auch ab», sagte die Frau Matthews zur kleinen Eliza, die noch sanft auf dem Arm ihrer Mutter lag.

«Tja, *c'est la vie*», behauptete die Mutter zur Selbsttröstung.

...

«ALSO, DIE FAHRGÄSTE SOLLEN AUFSTEIGEN!» hörte man die Stimme des Kapitäns rufen, nachdem er zuerst in seine Hände geklatscht hatte.

Kurz danach eröffnete sich vor ihren Augen der großartige Anblick des großen Flusses. Eine Fläche von über drei Meilen Breite erweckte in dir den Anschein des Grenzenlosen.

Beim Eintritt in ihn wurde seine lebhafte Strömung sofort sichtbar. Das kleine Schiff beschnitt mit Mühe seinen sich durchsetzenden Lauf.

Zauberhafte exotische Landschaften spiegelten reizende, bildschöne, Eindrücke auf diesem ihrem schwerfälligen und ansteigenden Reiseweg wider.

Und das war irgendwie wie ein Tröstung nicht nur in dieser Geißel der Hitze und der Moskitos, sondern auch bei ihrer schon seit Tagen trockenen, unfrischen Ernährung.

So, drei Tage lang von Menschen isoliert, trafen sie des Nachmittags in ihrer ersten gangischen Station ein, in Bogwangola – Ein hübscher Ort, der für sie wie eine Oase in der Wüste war.

Sie waren nicht die Besucher des Tages, oder zumindest seine einzigen Besucher, weil ein anderes Schiff war etwas weiter drüben gelandet. Es fuhr den Ganges hinunter und beherbergte einige Europäer, die da Halt machten, um in seinem dichten Wald wilde Tiere zu jagen. Später wurden sie mit ihnen bekannt.

Die Einheimischen dieses Ortes wurden mit den fremden Weißen vertraut und zeigten ein gastfreundliches Verhalten. Ihre Kinder rannten sogar, um sie zu holen und sie zu ihren malerischen Strohhütten zu führen.

Exotische Früchte wie Bananen, Mango, Gemüse wie Zichorien, frisches Brot und frische Milch erneuerten ihre Bedürfnisse. Besonders für die kleine Eliza, der die Letztere schon seit Tagen fehlte, war sie eine Ambrosia.

In der Nacht brach ein furchtbarer Regensturm aus, der sie alle in Bewegung setzte. Die *Dandies* [Matrosen] sicherten das Wasserfahrzeug durch Verstärken seiner Vertäuung, bargen die Segel usw., während die Passagierallgemeinheit in einer verlassenen Bambushütte irgendwo dort in der Nähe Zuflucht suchte.

Aber auch da war die Lage der Dinge nicht besser, da das Pfeifen des Windes, das Klatschen und Tropfen des Regens und die Blitzdonner ja die ganze Nacht spürbar waren.

Am nächsten Morgen, wo die Verhältnisse sich abgeflaut hatten, war der Fluss mit mehr Wasser angefüllt, während die Sonne und die süße Brise sie für ihre Weiterreise begrüßten.

Ihr folgendes Siebentägiges von Bogwangola bis zu den Bergen Rajmahal, welche Bengalen von Bihar abgrenzen, rückte im Allgemeinen ruhig, ohne etwas Besonderes vor.

Sporadische, kurze Stürme hauchten schnell aus, wie sie auch schnell losbrachen.

Der Fluss, sich schlängelnd, umarmte weite Küstenstriche, hauptsächlich sandig oder schilfig.

Der hiesige Sand, charakteristisch weiß und feingeschnitten wie Zucker, blendete unter der glühend heißen Sonne die Augen, beim Gehen sank man in ihn hinein, und bei Wind, hin und her zerstreut werdend, abgesehen von den bekannten Augenentzündungen, *sandigte* er alle

und alles.
Ihre letzte Übernachtung auf einem bengalischen Feld ließ ihnen die süße Erinnerung an die Stadt Rajmahal, am Fuße des gleichnamigen Gebirges liegend, und an den Marmorpalast von Sultan Sujah.

So wurden bis zur bengalischen Grenze ungefähr dreihundert Meilen innerhalb dreier Wochen zurückgelegt. Es werden noch einmal so viele und noch mehr, mit noch einmal so viel Zeit, nötig sein, bis sie an ihr Ziel Dynapur ankommen.

Diese immer exotische Natur durchquerend und in den zwei großen Schiffsstationen Bhagalpur und Monghyr umsteigend, berührten sie endlich, in diesem ihrem elenden Abenteuer, die Gegend von Patna, Hauptstadt Bihars, ihre zukünftige Stätte. – Auf der anderen Seite lag Dynapur.
Patna stellte also damals zu jenen Jahren – wir befinden uns im September 1823 – ein *friedhöfisches* Zentrum der indischen Cholera par excellence dar ... vielleicht den fürchterlichsten Herd der Choleragеißel. Dutzende wurden jeden Tag ohne Gnade gesichelt und auf ihre grässlichen Haufen weit draußen an den Ufern des Ganges geworfen.

Die Inder verbrannten die Leichen nicht, weil sie der Meinung waren, dass es heiliger sei, sie an den Ufern des heiligen Ganges als Opfer liegen zu lassen, als sie zu verbrennen. Andere warfen sie wiederum in den Fluss als Sühne.
So mussten Edward, Eliza und Eliza da die schauderhaftesten, greulichsten, makabersten und grausamsten Augenblicke ihres Lebens durchleben, Geschehnisse, wel-

che auch das äußersteste, perverseste Vorstellungsvermögen der Menschennatur übersteigen. Und zwar würde das kleine Kind die Ereignisse nur ephemerisch durchleben, da seine Seele sich die Erfahrung nicht für immer sichtbar einprägte, andrerseits würde es für die Mutter Eliza aber ein vernarbungsloses, unverlöschliches, ewiges Geschwür bilden; was Edward betrifft ... wird es ihn seines Lebens berauben.

Kaum wenige Meilen vor der benannten Stadt fing die sanfte Brise an, beschmutzt zu werden und daraufhin die ganze Atmosphäre zu beschmutzen. Ihr süßfauler Hauch wurde nach und nach strenger, beißender, penetranter, unerträglicher, erstickender. Und damit wurde ihre Übelkeit schon merklich.
Als sie auf die erste schwimmende Leiche stießen, dauerte es nicht mehr lange, ehe sich der tragische, steinmakabre, haarsträubende und unterirdische Anblick in seinem ganzen Ausmaß, in seiner ganzen Hässlichkeit, in seiner ganzen Unziemlichkeit, in seiner ganzen Abscheulichkeit vor ihren Augen entfaltete:
Auf dem Sand des Ufers lag eine Reihe von Choleraleichenhügeln, auf deren Gipfel Raubvögel wie Adler, Falken und die stämmigen Störche *Hargila* die Leichenkutteln ausstachen, indem sie sie mit Schwung auspickten. An ihrem Fuß zerstückelten wilde Tiere wie Schakale, Wölfe und Hunde mit Gewalt ihre Beute, mit ihrem kontaminierten toten Fleisch kämpfend. Auf dem blutbenetzten Weißsandstrand zerrissene Stücke von zergliederten, da und dort verstreuten Körpern. Schwärme von Insekten summten über ihnen, da sie auch ihren Anteil verlangten. Heulen, Krächzen und Summen vermischten sich in einer entsetzlichen Symphonie.

Und sicher, wenn man all dies aus der Nähe sehen könnte, wäre die Schändlichkeit dieser unvorstellbaren Realität umso orgiastischer.
Hoch in der Luft wimmelte es von Greifvögeln, die in ihrem Schnabel ihren greulichen Riss überführten. Manchmal fiel er ihnen zu Boden, oder natürlich auch in den Fluss, und sie stürzten sich stürmisch auf ihn, um denselben wieder zurückzuholen.
Der umliegende Ganges war mit Toten in Verwesung beladen, welche manchmal Raubvögel auf sich zu Gast hatten, so dass sie die Fahrt durch den Fluss beide zusammen machten, während die Vögel ihr Auffressen fortsetzten. Und natürlich kam es vor, dass sie oft neben ihrem Schiff lagen oder auch mit ihm kollidierten.

Diese schreckliche Situation schockierte selbstverständlich die Reisenden: Ihre Augen zitterspielten, wurden verschleiert und ihre Blicke wandten sich ab. Ihre Ohren wurden taub und mit ihren Händen bedeckt. Ihre Stimme stockte und glitt zum *O mein Gott!* Ihre Hände schlugen das Kreuz. Gefühlsbindungen wurden ins Gedächtnis zurückgerufen und vereinigten den einen eng mit dem anderen.

So, in die erstickenden Gerüche gehüllt, schwitzend, sich übergebend, flehten sie, sehnten sie sich nach einem Stück anderen, gesunden Landes. Aber weh, als sie endlich für ihre Übernachtung im Hafen von Patna lagen, schürte die ganze Nacht das Heulen der Schakale, das bis hier hinreichte, dieses mit ihnen gelandete schreckliche Szenario.

Mit dem Licht des Tages darauf zogen sie zur Stadt. Diese hier, ganz paradox, pulsierte immer: Das Echo ihres lebendigen, reichen Marktes hallte wider, erschien in gutem Licht; Elefanten, Kamele und Pferde färbten ihren Verkehr. Später wimmelte ihr *Ghaut* [Treppenrampe an den Ufern des Ganges] von gläubigen Sichbadenden.

Und, nach dem letzten Flussteil ihres Abenteuers, endlich Dynapur – sechshundertsechzehn Meilen vom Meer entfernt –.

Edward und Eliza spürten, nach einer so großen Reise, nach einer so großen Strapaze, dass ihnen ein Stein vom Herzen fiel, ein Stück Heimatland schlug hier: Man hörte musikalische Märsche im Hintergrund; eine Fläche von Bungalows figurierte als etwas Ihriges; eine große Anzahl Soldaten erstreckte sich über ein weites Lager – Ein zaghaftes Lächeln keimte auf ihren bitteren Lippen.

Sein Regiment war natürlich schon dort; dem 44 jetzt einverleibt. Dessen Unversehrtheit wurde kaum verletzt, da die Verluste sich bei so vielen Hunderten nur auf drei beschränkten. Als es seinen Fahnenträger dort anwesend sah, spürte es, dass seine Fahne wieder in seinen Händen wehte.

Sie hatten es noch nicht einmal geschafft, sich niederzulassen, und gerade nach vier Tagen brach das Unglück herein. Die Brechdurchfälle konnten mit dem Wasser und dem Laudanum nicht gebändigt werden, verschlechterten sich ... und ließen ihn versiegen, schlossen ihm die Augen –

Am 22. September 1823 ging Edward dahin; in der Blüte seiner Jahre, gerade 26 Jahre alt.

Ein Grabmal wurde von einem Freund von ihm auf dem 2. Friedhof Dynapurs errichtet. Eine Flagge ein paar Schritte weiter würde auch für ihren jungen, unglücklichen Fähnrich flattern.

1817–1823 wurden zehntausend englische Soldaten auf dem Choleraaltar in Indien aufgeopfert! Das Regiment 44 hatte im Vergleich zu anderen noch Glück, da es nur zwölf der Seinigen verlor. – Doch war Edward einer von diesen.

*

In diesen ihren bitteren, schwarzen Augenblicken war die Solidarität großzügig und stützend. Sie fühlte sich nicht fremd unter Fremden, sondern sich selbst fremd, moralisch verstümmelt, nicht fähig dem Lebenskampf entgegenzutreten. Doch hielt sie jeder Besuch, jede Tröstung, kräftigte sie, brachte sie zum Überleben.

Und der junge Kaplan Thomas in seiner Barackenkirche war ihr eine Stütze, rief ihr Sligo süß-bitter in Erinnerung.

Eliza fand sich damit ab, dass sie kämpfen muss, dass sie sich vom Leben lenken lassen muss.

Einen Monat danach erklangen die Trommeln nicht mehr gedämpft, matt, wie im Falle sie jemandem, welcher dahinging, den letzten Salut entboten, sondern ihr lebendiges Rollen rief die Truppe zu sich. Das Hab und Gut Edwards wurde versteigert: seine Uniformen, das Bajonett, das Schwert, die Bücher und anderes Verschiedenes. Daneben Eliza mit ihrer Kleinen.

Der junge Mann mit dem Rucksack, Oberleutnant Patrick Craigie des 19, welcher gerade eben aus Jyepur zurückgekehrt war, blieb auf dem Versteigerungsplatz stehen, warf seinen Blick auf die junge Schwarzgekleidete mit ihrem Mädelchen und näherte sich, indem er die Lage spürte, der Bank mit den Sachen, schaute sie sich an, nahm ein Buch mit dem Titel *Essays über Physiognomie* in seine Hände und ging, nachdem er es bezahlt hat-

te, wieder seines Weges.
Das Edwardische wurde alles verkauft, aber die 60 Pfund, 4 Schilling und 1½ Pfennig genügten nicht einmal um einen Monat mit Ach und Krach auszukommen.

Eine kleine Abfindung würde ihr einen gewissen Lebensodem gönnen, sie für einen ersten Mond etwas menschlicher leben lassen, danach müsste sie sich aber auf die 108 Rupien ihrer mageren Monatsrente beschränken.

Eines Morgens, als der Oberleutnant Craigie das Ufer entlang spazierenging, begegnete er Eliza, die zufällig allein mit ihrer Tochter beim Wäschestampfen war.
«Guten Tag zusammen!» grüßte er sie ein wenig mit Zurückhaltung und seinen Hut hebend, als Eliza gerade ihren Kopf zu ihm drehte.
«Guten Tag!» gab sie zurück.
«... Mit Verlaub, seid ihr hier neu, oder irr' ich mich?» fragte er ebenfalls mit Zurückhaltung.
«Ja, Sie irren sich nicht, wir sind hier neu.»
Dieser, nachdem er leicht und wiederholt zugenickt hatte, als ob er es bestätigte, setzte immerzu vorsichtig fort: «... Sie sind die Frau von der Versteigerung ... Gilbert ...»
«Ja, aber woher kennen Sie meinen Name?» fragte sie mit Verwunderung.
«Wissen Sie, das Buch, das ich von Ihnen nahm, ist mit diesem Namen signiert ... ich dachte ...»
«O.k., der Inhaber dieses Buchs ist ... war mein Gatte.»
«Oh, tut mir Leid ... ich wollte Sie nicht ...»
«Denken Sie nicht dran, die Rede bracht' es mit sich.»
«... Ma'am, gestatten Sie, das ich mich vorstelle.» – «Patrick Craigie, Oberleutnant des 19.»

«Es freut mich, Ihre Bekanntschaft zu machen.»
«… Ma'am, kann ich was für euch tun?»
«Aber warum sollten Sie was für uns tun? Vielleicht aus Mitleid, aus Höflichkeit, oder aus was andrem? …»
«Die richtigen Worte find' ich nicht … aber ich verspür' es spontan.»
«Sie verspüren es spontan!? … Ja was schlagen Sie denn vor?»
Unser Oberleutnant nahm da all seinen Mut zusammen und sagte ihr: «Ich fühle, dass ich Sie kennenlernen will. Ich lad' euch in meinen Bungalow zum Tee ein.»
«Wie können Sie denn so etwas sagen, ich befinde mich noch in feuchter Trauer, denken Sie nicht an die Leute?»
«Ich sage was, das aus meinem Innern entspringt, ich verstelle mich nicht; 's ist unschuldig, ich spür' es.»
«… Aber ... Und was erwarten Sie jetzt, dass ich Ihnen ein Ja gebe? …» «… Nun gut, wenn's so sein soll, dann möge's geschehen!» resignierte Eliza am Ende mutig und trotzig.
«Da lob' ich mir doch Ihre Halsstarrigkeit», sagte er etwas witzelnd.
«Gleichfalls», erwiderte sie.
«Dann … ist's euch heut Abend recht?»
«Okay, heut Abend.»
«Bungalownummer 100; genau 100 – leicht sich dran zu erinnern; irgendwo da hinten [mit seiner Hand zeigend].» «Ma'am!, Prinzessin! …» sich leicht verbeugend und seinen Hut hebend.

Zwei Stunden ungefähr verweilte Eliza mit ihrem Kind im Haus von Patrick Craigie: angenehme und zugleich tröstliche Zeit für ihren Schmerz.

Er flößte Vertrauen, Ernsthaftigkeit und Konsequenz

ein; ebenfalls äußerte er Zärtlichkeit sowie, dass er einen zementierten Familienbegriff und eine zementierte Familienbande hatte.
Dieses Wiedersehen war die Brandfackel eines anderen, und noch eines anderen, und noch eines anderen Wiedersehens, und es gab den Ausschlag für ihren nachherigen gemeinsamen Weg, der in ihrem Sichverheiraten kulminieren würde.

Natürlich hörten Kommentare und Kritiken Dritter erst auf, als der Ernst ihrer Affäre bemerkt wurde.

Und während sie an der Schwelle der Trauung standen, rief Patrick ein Befehl zu seinem neuen Lager, nach Sylhet; wo sie sich dann übrigens in Dakka trauen lassen werden.

Hier teilte der Kaplan William ihnen mit, dass bei ihrer Zeremonie – 16. August 1824 – auch der Metropolit von Kalkutta, Erzbischof Reginald Heber, welcher sich in diesen Tagen zufällig an ihrem Ort befindet, anwesend sein werde. Deshalb könnten sie von Glück reden, denn ihr Heiraten werde dreimal gesegnet sein.

Das Leben des Militärs ist aber ein Nomadenleben – die Orte laufen mit der Zeit. So werden sie in Kürze auf Befehl nach Nordindien versetzt.

Hier wird er übrigens auch an der gloriosen Belagerung von Bhartpur teilnehmen; wo er noch nach diesem Ereignis zum Hauptmann befördert werden wird.
Und darauf wieder in den Süden, Kalkutta ... und umgekehrt.

***

Die Kerbe der kleinen Eliza charakterisierte sich schon seit ihren Alben bizarr:

Ihr Verhalten leuchtete lebhaft, brausend, wagemutig auf, und ziemlich oft übertrat es die gesellschaftlichen und sittlichen Grenzen skandalös. Als Wildfang, skandalisierte sie alle und alles.
Auch ihre körperliche Formung war frühreif so wie ihre verrückten Hin-und-her-Laufereien. Stürmisch durchlief sie die Hofräume, die Straßen, Korridore und Säle, und wie ein Wirbelwind schwirrte sie um Menschen und Dinge herum.
Und ihre Kaprizen waren unendlich.
Diese kleine Unruhestifterin war ein Unfugschwarzbuch, ein Sturm der exzentrischen Streiche.

Einmal in der Kirche während des Gottesdienstes schmückte sie die Perücke eines Kirchgängers mit Blumen ... ein andermal lief sie nackt auf den Straßen herum ... was die unglücklichen Bärte und Backenbärte der greisen Veteranen betrifft, sie standen großes Leid aus, sie weinten unter ihren Entwurzelungen.

Trotzdem hallte die kleine Eliza bei allen, Weißen/Schwarzen, Reichen/Armen, auch bei den Betroffenen selbst, sympathisch wider. Sogar der Generalgouverneur Indiens Lord Hastings, welcher bei den Sitten streng war, schenkte ihr sein Lächeln.

Da es dem so war, teilte ihr Stiefvater, nach beharrlicher Betrachtung, seiner Gattin mit, dass sich dieses Kind, damit es zurückhaltender, disziplinierter werde, in der passenden Atmosphäre befinden müsse; und dass er, da eine solche Umgebung bei seinen Eltern und Geschwistern herrsche, beschlösse, es zu ihnen nach Montrose zu schicken. Nachdem sie sich einverstanden erklärte, rief er seine Tochter zu sich, und dann redeten sie ein wenig miteinander:

«Mein Schatz, du weißt, dass Papa und Mama dich über alles lieben und immer das Beste für dich wollen. Die Sachen, das Leben sind jetzt hier aber nicht gleich wie in unsrer Heimat, in Schottland; dort ist's besser und das Leben ist richtiger. Drum fassten ich und deine Mama den Entschluss, dir zuliebe, dich zu meinen Eltern, meinen Schwestern zu schicken zum Großvater und zur Großmutter, zu deinen Tanten.»
«Nein nein, Vati, ich will nicht gehen, ich will nicht weg … ich will euch nicht verlieren», beklagte sich die Kleine beunruhigt.
«Aber du wirst uns nicht verlieren, du gehst nicht für immer, ein'ge Jahre wirst du dort bleiben … dann wirst du wieder bei uns sein.»
«*Papi, bitte, ich will nicht gehen … Papi …*» bestand sie weinerlich darauf und fiel in seine Arme.
«Pass mal auf … der Großvater und die Großmutter und deine Tanten lieben dich und werden dich pflegen so wie wir und noch besser.»
«Und meine Freundinnen, wo werd' ich sie dort finden? – ich werde mich allein fühlen», die Kleine klagend.
«Nein, nein, du wirst dich nicht allein fühlen, mach dir keine Sorgen, du wirst ihnen schreiben lassen; im Übrigen wirst du dort auch neue Freundschaften schließen», tröstete sie ihr Stiefvater und streichelte ihr ihre Haare.
«Aber wie lang werd' ich nicht bei euch sein, was sind das für Jahre, von denen du sprachst?»
«Tja, bis du in die Höhe geschossen bist … na, ja nicht wie deine Mama, aber …»
«Na, dann werd' ich viel essen, um größer zu werden, um schnell bei euch zu sein.»
«Hm! Ja, mein gutes Mädchen, viel essen», bejahte ihr Stiefvater lächelnd.

Inzwischen erschien ihre Mutter.
«Mama, der Vati sagt, ich soll nach Schottland gehen ...» die kleine Eliza klagend.
«Ja, ich bin einverstanden, das wird nicht schlecht sein, du wirst dich verändern», sagte ihre Mutter mit Bestimmtheit.
«Dass ich mich verändre, dass ich mich verändre!, immer das wollt ihr», brachte die Kleine trotzig heraus.
«Gewiss, so ist's, tausendmal sagten wir's; die andren Kindchen sind nicht wie du, sie benehmen sich nicht wie du; du musst ... dich verändern.»
«Gut, wenn ihr das glaubt ... dann muss ich wohl gehen.»

So, am Abend des Jahres 1826, ging das lebhafte kleine Mädel im Diamond Harbour an Bord der *Malcolm* – 26. Dezember –, um sich nach sechs ganzen Monaten, im Hochfrühling, am antipodischen Horizont Englands einzufinden – London, Blackwall 18. Mai 1827 –; während ihre Eltern Kalkutta, wo sie vorläufig wohnten, wegen des neuen Ortes, Meerut, in der Nähe von Delhi, verließen.
Die Sorge und den Schutz für sie hatte, darum gebeten, eine Militärfamilie, Bekannte von ihrem Stiefvater, welche mit ihr mitreiste, übernommen.
Natürlich wurde auch die Reise durch ihren fühlbaren Ton gefärbt, der übrigens auch die etwas größere Tochter der Personen, welche auf sie aufpassten, aufleben ließ.
In Blackwall holte ihre Tante und Schwester ihres Stiefvaters, Catherine, sie ab, und anschließend fuhren sie mit einem anderen Schiff nach Montrose.

*

Das Haus, wo unser Mamsellchen in diesem zarten Kindesalter viereinhalb Jahre seines Lebens verweilen sollte, war ein relativ großes, rotes Gebäude aus Sandstein – wie übrigens auch die Mehrheit der Häuser dort –, dessen Wurzeln, die Felsen, ewig vom Meer gepeitscht wurden. Sein Inneres, geräumig, vielzimmerig, würden auch andere vier verwandschaftliche Personen mit ihm teilen:

Die Person, welche sich die kleine Eliza enger, verantwortungsbewusster aufbürdete und eine bestimmendere, stärkere Rolle in ihrer ganzen Zucht spielte, war klar ihre Stieftante Catherine Craigie – später Rae –. Als eine klassische Lehrerin, groß, dünn, mit Brille und mit strengem Gesicht, äußerte sie ihre strengen Kenntnisse und Gedanken in ihren strengen Manieren, und verlangte Respekt und Disziplin. 1827 war sie 30 Jahre alt, unverheiratet und hatte ihren Beruf bis dahin nicht ausgeübt.

Ihr Stiefgroßvater, Patrick Craigie, Fünfzigjährig, bildete eine ernste Persönlichkeit mit Prinzipien, die ihre Geltung durchzusetzen wusste; in der Vergangenheit ist er wiederholt auch Bürgermeister seiner Stadt gewesen. Er war Drogist von Beruf und hatte seine angesehene Drogerie an der Hauptstraße, *Rotstraße*, von Montrose.

Ihre Stiefgroßmutter, Mary Craigie, ein paar Jahre jünger als ihr Gemahl, war eine gütige Frau, welche ihrer kleinen Gastfreundin gegenüber das gefühlvollste Herz zeigte.

Zum Schluss widmete ihr auch ihr Stiefvetter William, welcher doppelt so alt war wie sie, reserviert und mit Zucht, wenn es die Verhältnisse erlaubten, eine gewisse Zeit. Er besuchte die örtliche Schule.

Hier waren die Dinge also völlig verschieden, und sie zwangen bedingungslos blinde Anpassung und blinden Gehorsam auf – sonst folgte erbarmungslose Strafe. Die

Laufereien und die anstößigen Spitzbübereien wurden dem grausamen Veto unterzogen, und das Lachen so wie die Freude wurden im Keim erstickt, zumal sie für weltlich gehalten wurden. Unablässige Unterrichte folgten einander, und die Bibel wurde höllisch auswendig gelernt. Gebete und Gottesfürchtigkeit verwurzelten sich als Sühnbegriff.
Die arme Kleine, in dieser hier kühlen, puritanischen, kalvinistischen Atmosphäre fanggearmt, zumal sie sich nicht verteidigen, irgendwo stützen, Trost finden konnte, sei es auch mit einem Brief an ihre Eltern, durchlebte etwas, das mit ihrer Natur fremd, unvereinbar war – für sie ein Martyrium. So spann ihr Sinn Ausflüchte aus, damit sie auf diese Art eine Atempause finden konnte, diesem quälenden Alptraum entkommen konnte.

Repräsentativ war ihre *Lust* und *Neigung* zum Drogistischen. Aber damit lernte sie haufenweise arzneiliche Dinge und durchlebte klar weniger belastende Momente als beim Unterricht ihrer Tante, der Lehrerin.

Ein anderes Alibi waren ihre *Kopfschmerzen*, die sie in ihrem Gemach isolierten und sie ihrer anliegenden Lullerin, dem Meer, näher, bewusster brachten. Das Klatschen der Wellen, der Schrei und der Flug der Möwen, das Segeln eines Schiffes, der tiefe und abgründige Horizont brachten sie zum Träumen, stahlen sie zum weit entfernten Indien.

Tante Catherine verheiratete sich endlich, und eine neue Person kam in ihre Umgebung hinzu, William, ein neuer Lehrer mit seinem Unterricht, Musik, irgendwie elastischer als der übliche harte.

Das Paar Rae kam nach reiflicher Überlegung zum

Entschluss, ein Mädchenpensionat zu gründen in Monkwearmouth.

Dieses, eine kleine Stadt im Norden von Hauptengland unter Schottland, konstituierte den nördlichen Teil des Gebietes namens Sunderland und zeigte eine prosperierende Entwicklung, mit seinem Hafen, der einen bedeutenden Handelsknotenpunkt mit tatkräftigem Güterverkehr darstellte. Das Klima wurde hier übrigens von der kirchlichen Verwaltungsbehörde der Presbyterianer begünstigt, zumal Herr und Frau Rae solche waren. Es gab aber auch eine negative Gegebenheit: Monkwearmouth bildete in England die Wiege der Cholera des Jahres '31; infolgedessen befand es sich im Quarantänezustand, von der restlichen Welt abgesondert – seine Bürger eingeschlossen, sein Hafen tot. Aber dieser Schatten war kein Grund zurückhaltend zu sein.

Im Dezember des Jahres 1831 brechen die beiden Lehrer mit ihrem Baby und der fast elfjährigen Eliza zu ihrem neuen Ziel auf.

Ihre letzte Station wird Bolton sein, zweieinhalb Meilen vor ihrem Bestimmungsort, da das weitere Sichbegeben ja nicht möglich, unterbrochen ist. Hier werden sie einen kleinen Handkarren kaufen, in den sie ihre Sachen stellen werden, und William wird es übernehmen, ihn sogar bei ungünstigen Verhältnissen zu ziehen – bald war der Wind mit seinem Feinschnee gegenteiliger Meinung.

«Da, Onkel, da drüben in den Sträuchern! Ich geh' ihn holen!» gab Eliza mit erhobener Stimme von sich und rannte los, um seinen Hut, der ihm vom Kopf geflogen war, zu holen.

«Pass auf! ...» riet er.

«William, setz das Baby in meine Kapuze, so dass es nach hinten guckt!» hörte man anschließend seine Ge-

mahlin.
«Zum Donnerwetter, Luft und Schnee fehlten uns jetzt noch!» sagte er, indem er es hineinsetzte.
Als das Mädchen ihm seinen Hut zurückbrachte, sicherte er ihn auf seinem Kopf, indem er ihn mit einem Kopftuch festband; dann sagte er: «Kommt hinter den Karren, so dass ihr bedeckt seid.»
«Onkel, ich helfe dir», Eliza, indem sie den Karren schob.
«Hm, du sollst dich aber nicht ermüden!» – beim Umdrehen seines Kopfes –.
Sie fingen an zu singen, als wollten sie ihre Moral heben, und nach zwei Stunden mühseligen Weges kamen sie endlich in Monkwearmouth an.

Hier wurden sie bei einem gewissen Maler Grant – dem eingestellten Malereilehrer ihres Internates – aufgenommen, aber schon vom nächsten Tag an wurde das Pensionat selbst zu ihrem Wohnsitz.

Dieses Letztere war in einem alten, aber freundlichen, Gebäude ansässig und schnell würde es sich zu einem Meilenstein der Stadt entwickeln.
Jedoch, wenn es auch so war, das unruhige, sprudelnde Temperament des Fräuleins Eliza wollte sich wieder nicht mit diesem presbyterianischen Milieu versöhnen, es akzeptieren. So, da sie nunmehr auch etwas Lesen und Schreiben konnte, schrieb sie also ihren Eltern mit dramatischer Art ihr hiesiges *Leiden* und ihren *unerträglichen Schmerz*. Und tatsächlich dauerte ihr Leben in Monkwearmouth nur neun Monate.

Ihre neue Schule, *Aldridge's Academy,* lag südlich, in Bath – bei Bristol –.

Hierhin geriet sie auf Empfehlung ihres Stiefvaters, welchem diese Schule von einem seiner Kamera-

den – Sir Jasper Nicolls –, der aus dieser Gegend war, empfohlen worden war.
Diese, wenngleich streng, welche mit derartigen wilden Naturen, wie dieser der backfischjährigen Eliza, in Konflikt kommen könnte, nahm sie, paradoxerweise, an, und so schloss sie die fünf Jahre ihrer Bildung ab – bis 1837.

Im Alter von siebzehn Jahren wurde beim blühenden Mädchen ihre nachherige reife Figur schon sichtbar: Zypressengleiche Gestalt mit Ebenmaß und Kurven. Mit ihrer weißen Haut kontrastierten ihre pechrabenschwarzen, süßgewellten langen Haare und ihre marineblauen, und wenn sie dich ansahen, festnagelnden und versklavenden Augen voller Leidenschaft. Geistig begabt und aufgeklärt, und seelisch ein edles Gefühl.

Abgekürzt, eine sinnliche und zugleich erotische Anwesenheit, die nicht unbemerkt blieb.

*

Am 2. November 1836 reiste Frau Craigie mit der *Orient,* nunmehr ein Steamer, nach England ab, mit der Absicht, ihre Tochter zurückzubringen und sie einem wohlhabenden Militärrichter von 64 (!) Jahren zu *übergeben*. Der Zufall wollte es aber, dass sie auf dieser einem gewissen Thomas James, zwei Jahre jünger als sie – 29 –, begegnet und mit ihm sorglose, angenehme Momente auf dieser langen und langweiligen Reise durchlebt. Nein, die Mama Eliza verschenkte ihrem Oberleutnant nicht ihre verborgenen Leibesreize, sondern nur eine intime und unschuldige Freundschaftlichkeit.

Mitte April des Jahres '37 mussten sie am Penzance vor Anker gehen, wegen der sehr widrigen Witterungsverhältnisse, die dort herrschten und die ihnen nicht erlaubten, an ihr Ziel zu kommen. Von hier aus und via Reading (wo der vorbemeldete Hr. Nicolls wohnte) kam

Frau Craigie, sogar noch in Begleitung ihres neuen Bewundereres Thomas, in Bath an, wo sie, nach elf ganzen Jahren, ihre Tochter wieder sah. – Die Letzte war natürlich vor ihren Augen kaum wieder zu erkennen.

Später, als sie die Frage der Heirat mit der oben zitierten Person aufwarf, ...:

«Sicher hast du dir den Grips ausgefahren; du hast Tollkirschen getrunken! Und dann sprichst du von *guter* Heirat, *guter* Unterbringung, *gutem* Leben! Du bist wohl nicht ganz bei Trost! Dafür bedank' ich mich bestens!»

«Aber bei ihm wirst du alles haben; du wirst wie 'ne Prinzessin leben.»

«Ja, 'ne *begrabne* Prinzessin.»

«'ne *begrabne* Prinzessin. Warum nimmst du's so tragisch? Du bist ja weder die Erste noch die Letzte, ...»

«Aber wie kannst du mir denn 'nen verkalkten Kracher, 'nen alten Krauter anbieten, meine Jugend verblühen lassen, verraten, die Liebe verschmähen, begraben – ...!»

«Er ist weder ein verkalkter Kracher noch ein alter Krauter. Und Heirat aus Lieb' ist nicht notwendigerweise auch ein Erfolg.»

«Ah, 'nen *Bankier* zu heiraten, das ist also ein Erfolg ... Sag mir, Mama, liebtest du den Papa nicht?»

«Ja, gewiss, meine Tochter, aber ... was hab' ich letzten Endes Besondres gewonnen? ... [«Mich», sprach die junge Eliza dazwischen.] Ich weiß nicht. ...» «Jedenfalls überlege's dir nochmals gut ... mit ihm kannst du nur gewinnen.» «Wenn du willst, kannst du diesbezüglich auch unsren Offizier um seine Meinung fragen.»

Danach bei einer Gelegenheit mit diesem Letzten:

«Mein Problem kennen Sie – ...»

«Mein Problem *kennst du.* ...» unterbrach und korrigierte sie der Offizier James.

«Okay ... Ich ... Ich kann ihn unmöglich heiraten. ...» gab das Mädchen krampfhaft von sich, und dann besiegelte sie es: «*Niemals! Niemals! ...*»
Zu diesem Zeitpunkt sammelt der stille Bewerber all seinen Mut und sagt zu ihr: «Hör zu, Eliza, ich hab' 'ne verrückte Idee ... du und ich brennen durch und heiraten – so könntest du dich erretten.»
«*Memento, Domine, mei* [wobei sie sich bekreuzigt und ihren Kopf Richtung Himmel dreht]*, heut ist der Tag der heil'gen Narren!* – Du bist ja noch verrückter als meine Mutter!» Und nach dieser Überraschung: «Aber, sag mir, wo und wie sollen wir leben?»
«Irgendwo in Dublin ist eines meiner Geschwister Priester; er wird uns trauen. Was das Leben betrifft, hab' ich was auf der Seite, aber sicher wird auch mein Vater helfen.»
«*Toll!*» ironisch aussagend.

Und je mehr die Greisenheirat in ihr gor, desto mehr schürte sie auch ihr Tollsichwegstehlen – bis es schließlich Fleisch und Knochen annahm: Thomas und Eliza verließen Bath verstohlen und ließen Mutter und die Übrigen im Stich.

Und nach etwas mehr als einem Jahr Ehelebens in Dublin, da der Erholungsurlaub des Gatten auf seinen Ablauf zuging, musste er zum Dienst in Indien zurückkehren.
So fährt das Ehepaar im September des Jahres '38 mit dem Dampfer *Bland* von Liverpool nach Kalkutta ab (Ankunft Jan. '39).

*

1839 war für das eheliche Paar im Allgemeinen ein

heiteres Jahr.

Schon bei Ihrer Ankunft versetzte der sofortige Befehl sie in den Norden, nach Karnal, und brachte sie in die Nähe von Simla, wo inzwischen ihre Eltern lebten. Hier wird Eliza die Schwester des Gouverneurs kennenlernen, und so auch die Gelegenheit haben, an bestimmten, charakteristischen Handlungen ihres Kreises teilzunehmen: Reiten, Elefanten-Führen, Jagd sowie Empfänge.

1840 fingen, an ihrem nächsten neuen Ort, Bareilly, gewisse schwarze Wolken an, ihren Eheschleier zu beflecken.

Thomas nährte eine besondere Sympathie zur Frau eines seiner Kameraden, verheiratet und mit Kindern, ohne jedoch wirklich eine Beziehung mit ihr zu haben. Indessen entfachte dieser Funke die Fantasie seiner Gattin, bis sie hysterisierte, paralogisierte. – ¨Vielleicht bildete es auch eine Gelegenheit für ein Alibi einer schon lauen Liebe.¨ So fehlte die Szene nicht:

«Kannst du mir sagen, was du mit dieser Frau hast?» fragte Eliza mit schmollendem Gesicht, als er in ihren Bungalow zurückkam.

«Welche Frau?» er mit relativer Überraschung.

«Stell dich nicht so blöd, du weißt genau, wen ich meine.»

«Wenn du Eliza meinst, [«*Ah, Eliza! ...*» mischte die Gemahlin sich ein.], ich will damit sagen Frau Lomer meines Kameraden, nichts mehr als 'ne Freundschaft.»

«*Nichts mehr als 'ne Freundschaft!? ...* Der Ort schwirrt, 's nützt nichts zu heucheln.»

«So sind meine Ohren verstopft, damit ich keine Dummheiten höre.»

«Kann sein, dass deine Ohren verstopft sind, nicht aber deine Augen blind. Siehst du nicht, wie man uns anblickt,

wie man uns mit Blicken verschlingt?»
«Fantasien! ... Und wenn, dann deinetwegen; wegen deiner Schönheit, wegen deiner geschmackvollen Kleider.»
«Lass die Ironien, und nimm dich zusammen; weil sonst ...»
«Was soll ich mich zusammennehmen, und was sonst? Ja, was *sonst? ...*»
«Hör, mein Oberleutnant, bereits ist unser Mond abgekühlt. Ich habe vor, nach England zurückzukehren.»
«Oh, nach England! Ach so!»
«Ja, ich werde Karriere machen.»
«Karriere! Und womit, wenn ich fragen darf?»
«Mal sehen – Theater, Tanz, ...»
«Und wann ...?»
«Sicher nicht spät!»

So sollte ihre Ehe Schiffbruch erleiden und Eliza ihren Weg einschlagen. ...

*

Im Oktober jenes bewölkten Jahres verließ Eliza Indien, und zusammen mit ihm das eheliche Leben, ihre Pflichtunterwerfung unter das starke Geschlecht. Mit dieser ihrer Handlung brach sie die sittlich anerkannten Institutionen, den Bund der Ehe; während sie gleichzeitig ihr verdammtes Schicksal sich verifizieren ließ.

Und das nicht eigentlich wegen ihrer Flucht, sondern wegen ihrer realen Tendenzen, wahren Lüste.

Sie war für den Mann geschaffen, aber auf ihre eigene Art und Weise. Mutter und Kinder waren für sie zwei entfernte, fremde, erloschene Begriffe.

Ihr quecksilberiger, ausschweifender Sexualinstinkt und ihr anspornender, unersättlicher egozentrischer Ehrgeiz ließen sie abweichen, abgehen, trieben sie weg vom

akzeptierten, rechten Weg der Frauennatur.
So schwirrte die ganze *Larkins* vor ihrer unpassenden, unanständigen, unverschämten und provokativen Haltung mit ihrem Liebes*opfer* – Oberl. G. Lennox, 19 J., Sohn eines Lords –.

Als sie gelandet waren (Portsmouth, 20. Febr. '41), umrahmte, nach den Hotels, eine Reihe von gemieteten Unterkünften, in verschiedenen Stadtteilen Londons von nicht so hohem Rang, für welche sie einen Decknamen verwendeten, diese unerlaubte Liebesaffäre.

Vergebens bemühten sich Verwandte und Freunde, sie umzustimmen, sie zur Vernunft zu bringen; sie kam immer wieder mit der gleichen Leier.

Inzwischen hatte ihr Gemahl das Gerichtsverfahren (ekklesiastisch) eingeleitet, in welchem nach verschiedenen wiederholten Sitzungen – in ihrer absichtlichen Abwesenheit (Aufenthalt in Spanien!) – wegen Ehebruches das Urteil der Scheidung und deren Wiederverheiratungsverbot gefällt werden wird.

Dennoch hielt diese Kollateralbeziehung nicht lange Zeit, und die sündige Ehebrecherin folgte schließlich dem Weg nach Edinburg nahe ihrer Tante.

Bald aber, mit dem Jahr 1842, kehrt Eliza nach London zurück, wo sie, nach ihrer unglücklichen Anerkennung als Schauspielerin, Tanzstunden nimmt und, schon begeistert, den großen Schritt nach Spanien tut (März des Js. '42).

Zu jener Zeit säten sich gewisse Tänze und Lieder in die Europagesellschaft aus und sickerten auch in die konservativen aristokratischen Stände ein. Die Strömung mit den Opern, mit *Der Barbier von Sevilla* als erster, bezog sich fast ganz auf Sevilla; und der den Tänzen vorangehende Flamenco ebenfalls. Auch das ansteigende Rauchen in den verschiedenen Kreisen ernährte sich fast ausschließlich von den *Sevillianos*, den Zigarren / -illos / -etten von Sevilla.

Es war diese Trilogie, welche in der kleinen Windgenommenen den Durst nach dem spanischen Süden weckte.

Ohne Eltern und Verwandte überhaupt zu fragen, nur einige Briefe hinterlassend, die Faktoren Geld–Arbeit–Wohnen, fremdes Land, fremde Sprache, die sie überhaupt nicht konnte, gering schätzend, ihre schon erste Gerichtsvorladung zurücksetzend, alle und alles, sozusagen, im Stich lassend, packt unsere einundzwanzigjährige Eliza, eine Abenteurerin könnte jemand anders sie nennen, ihre sieben Sachen und schifft sich, mit Überzeugung, Richtung Mein-Herzklopfen ein.

*

Im fremden Land allein und frisch angekommen, spürte sie, wie die Überlebensfalte sichtbar, bewusst wurde. Die Liebenswürdigkeit und Umfassung jedoch der hiesigen Leute entüberschatteten, erleichterten, erhellten wieder, ließen sie sich fühlen, als gehöre sie schon ihnen.

Auf ihrem Weg nach Sevilla, abgesehen von gewissen ersten spanischen Worten, konfutierte die kleine Umgebung der Kutsche ihre unbeständigen Ideen, disziplinierte sie, konkretisierte sie. Sie wusste schon, dass sie, wenn sie ihren Weg machen wollte, arbeiten, und wenn nötig, auch noch ihre Bildung demütigen müsste. Der daseiende Funke von Arbeit-Finden ermutigte, beflügelte, ließ sie ihrem neuen Horizont mit Optimismus entgegentreten.

Als sie ankamen, war Sevilla, wie man es beschrieb, wie sie es erwartete, ein hübsches, süßes Bräutchen. Auf seinen dichten, malerischen Gassen erlebst du seine gloriose, glänzende Geschichte.

Und sie liebte diese Stadt; obwohl ihr Schicksal sie nicht lassen würde, sie ein andermal wieder zu sehen.

Jene Nacht in ihrem Hotel beschloss sie es. In die Töpferwerkstatt dieses Engländers, Pickman, würde sie nicht gehen. Der Gegenstand, Keramisches, Porzellan, Glas, klang ihr nicht schlecht, aber bei seiner englischen Umgebung fürchtete sie, dass sie das Spanische nicht lernen würde; und weiter möchte sie hier keine engen Beziehungen zu Engländern haben. Im Gegenteil schien ihr die Zigaristenkunst beeindruckender, exzentrisch, exotisch ... sie besaß Anmut. ¨Und wer weiß?, vielleicht ...¨ ¨Ja, morgen würde sie sich dort nach Arbeit erkundigen.¨

Das Gebäude, das mit seinen Freuden und Bitternissen seine einzige Irin für ein Jahr zu Gast haben würde, war ein ausgedehnter Palast mit einer Kette von großen Sälen, in welchem über dreitausend *Sevillianas* [Arbeiterinnen] Platz fanden.

Dieses Meer konstituierten junge Existenzen spanischer, arabischer, jüdischer und Zigeunerherkunft.

Jeder Saal hatte seine eigene Aufseherin.

Nun wollte es der Zufall, dass sie eine irgendwie sonderbare Aufsichtführende hatte.

Veryalda, wie sie hieß, war ein Eliza, mit einem Jahrzehnt mehr, relativ entsprechender und paralleler Typ: Hochstämmig, mit schwarzer, krauser Haarpracht und mit schwarzen, feurigen Augen; sie wusste sich durchzusetzen und strahlte einen zauberhaften Charme aus; ihre Tugenden Geradheit, Ehrlichkeit, Gerechtigkeit, während ihr stigmatisches Kennzeichen ihre sapphische Natur

war, die auch mit ihrer männlichen Stimme harmonisierte – eine homosexuelle schöne Zigeunerin.
«Wie findest du deine Beschäftigung?» fragte Veryalda Eliza am Ende der Arbeit.
«Na ja, sie erfordert eine gewisse Kunstfertigkeit. [Selbstverständlich in mangelhaftem, fehlerhaftem Spanisch.]»
«Du wirst es schon schaffen, ausgezeichnet sogar.»
«Wie kommen Sie darauf?»
«Hm, ein aufgewecktes Mädel wie du ... Aber, sag mir, was führte dich zu uns?», und, indem sie ihre Handflächen vorstreckte, sympathisch, schmunzelnd: «Red mich doch nicht mit Sie an!»
«Okay. Eure Tänze, eure Sprache ... und euer Temperament.»
«Oh! ... Gelten sie bei euch zulande?»
«Ja, gewiss! ... aber ich will sie auch noch lernen.»
«Na gut, dann hast du deinen Lehrer gefunden. [Die Strebende blickte sie verwundert an.] Schau mich nicht so an, ich werd' dir die Figuren, die Anmut, die Flamme des Tanzes beibringen ... ich werd' löschen, was dir auf der Seele brennt – die Tänze liegen den *Gitanos* [Zigeunern] im Blut.»
«Und wann ...?»
«Schon ab diesem Abend. Komm, gehen wir, du wirst sehen ... du wirst Gewinn draus ziehen.»

Veryalda lebte in einer Baracke, in der Nachbarschaft der Roma, irgendwo drüben an den Ufern des Flusses *Guadalquivir.* Das Sintilager, ein Herd von Baracken und Pferdewagen, hatte auch seine Farbigkeit und seinen besonderen Stil. Ein charakteristisches Milieu mit seinen auffälligen Farben erfüllte ihre Stube.
Diese, nachdem sie ein Messer genommen hatte, ging in ihren angelegenen Hühnerstall und, nachdem sie eine

Henne gepackt hatte, machte sie sich auf zum Fluss. Eliza, stumm, beeindruckt, sah, wie sie sie schlachtete und sich anschließend ihrem Rupfen widmete. Am Ende wurde das Aufgespießte, zusammen mit einem anderen ihres Freundeskreises, an ihrem Feuer rosenrot gebraten. – «Heut müssen wir feiern», sagte sie.
Unter dem Aufleuchten der Sterne und des Feuers, der Instrumente und des Zigeunerliedes entzündeten der Flamenco, Bolero, die Cachucha, Arabeske, und so viele andere Tänze, in den Beinen, im Leib, in den Augen Veryaldas und Elizas, wie ihre entzündete Laune, ihr entzündeter Wein. In dieser Atmosphäre entzügeln, überquellen, treffen Leidenschaften zusammen. So, als auch diese Stunde gekommen war, wird unsre Eliza, von ihrer verräterischen Liebe mitgenommen, in ihr verführerisches Nest gezogen, sich ganz und gar gehen lassend, um die für sie verbotenen, stillen und unbekannten Reize und Faszination eines anderen Aspektes des weiblichen Geschlechtes kennen zu lernen.

Diese Nacht würde sie stigmatisieren, bestimmen, diese Nacht würde sie für immer tief in ihr Herz begraben. Die glühende und formidable Zigeunerin würde Meisterin ihres Tanzes, Meisterin ihrer Liebe sein.

Dieser riesige Frauenaltar des Tabaks, wo Zigarren/-illos/-etten geformt wurden, würde in das stürmische Repertoire der viellärmenden Eliza auch seine Erinnerungen einprägen. Freundschaften und Rivalitäten, schöne und schlechte Emotionen würden hier diesen ihren Tabakmond skizzieren.

Ihr emblematisches und damals für die Frauen *sündiges* tägliches Arbeitselement figurierte nunmehr schon an ihren Fingern, auf ihren Lippen – Es rief bei dir den

Eindruck der *Lorette* [Prostituierten] von Paris hervor ... und es wird eine ihre immer währende, unauslöschliche *Sünde* sein.

Folkloristische tänzerische Schule war nicht nur ihre erotische Partnerin, sondern auch ihre eigene Arbeit. So demonstrierten in den Pausen manche *Cigarreras* [Arbeiterinnen] ihre persönlichen Tanzfähigkeiten und ließen Eliza ihre Figuren zurück. Bis sie sie am Ende, sozusagen, übertroffen hatte.

Andrerseits war auch das, was sich hier in Sevilla abspielte, eines der schwärzesten Bilder ihres Lebens:

Eines Abends, als sie gerade zu Veryalda ging, griffen sie am Fluss drei Frauen, mit weißen Mehlsäcken vermummt, an, und, nachdem sie sie geknebelt hatten und sie festhielten, zerriss die eine ihr die Kleider, vergewaltigte sie, zerritzte ihren Körper mit ihren Fingernägeln und zerschnitt ihre Haare.

Als ihre Zigeunerin sie dann so heruntergebracht sah, verkraftete sie es nicht und begab sich wutentbrannt eilends auf den Weg zur bösartigen Nebenbuhlerin. ¨Sie wusste, wer es getan hatte. Es konnte nur diese ihre verdammte Verflossene sein.¨ – Und sie irrte sich nicht.

Die Schere, noch mit dem Haar, sagte für ihre Schuld aus. Das Blut stieg ihr zu Kopf. Sie packte sie, drückte sie nach unten und fesselte sie mit ihren eigenen langen Haaren am Hals und danach an den Händen; dann verbrannte sie mit einer brennenden Zigarette ihren Leib und ihr Haar – sie war überzeugt, dass sie bezahlen musste.

Auch die Mitschuldigerinnen waren vom Zeche-Zahlen nicht ausgenommen.

Letztens bildete die Bekanntschaft Elizas mit dem berühmten Matador Montes *(Paquiro)* nichts Einträgliches, denn dessen von einer schattigen und melancholischen Mauer ummauerte Person erlaubte keinen Spielraum für weitere Eröffnungen und Überschwänglichkeiten. Immerhin wird er für sie immer eine Ikone bleiben.

So verging die Zeit und ließ Eliza zu einer emanzipierten und geschickten Frau reifen ... zu einer Tänzerin ... und mit ihrem selbstausgewählten noch neuen Namen *LOLA MONTEZ.*

*

Am 14. April 1843, Karfreitag, kommt die jetzt Lola genannte in Southampton an.
Auf dem Weg nach London lernt sie einen gewissen Lord kennen, welchem sie sich schon als Donna Lola Montez, aus adeliger spanischer Familie, mit verbanntem Vater und von den Carlisten erhängtem Gemahl, präsentiert! Sie erzählt ihm dramatische Ereignisse mit Emphase und Leidenschaft, inexistent, Frucht ihrer Fantasie. Sie heuchelte ihm eine unglückliche Alleinstehende und Verlassene vor und dass sie hierher käme, um der Vergangenheit zu entwischen und im Lied, im Tanz, im Theater oder in etwas Ähnlichem ein neues Leben zu beginnen.
Dieser hier, gerührt, beherbergt sie bei sich zu Hause und organisiert ihr zuliebe einen Tanzabend. Hier präsentiert er sie dem Impresario des *Theaters Ihrer Majestät,* und so eröffnet sich für sie ein neuer Horizont.

Im Juni dieses Jahres fesselte Lola in den Vorführungen des erwähnten Theaters die Massen mit ihren exzentrischen Tanzinnovationen, aber diese Londoner Strahlenkrone dauerte nicht lange, da ihre wirkliche Identität erkannt wurde und ihr nachgesagt wurde, eine unmoralische Trugspinnerin zu sein.

Andrerseits leistete ihr ein anderer Lord, ebenso fasziniert, Beistand und ließ sie auch den Prinzen Heinrich LXXII. des Fürstentums Ebersdorf kennenlernen, welcher sich inzwischen in London befand.
Der Letztere schenkte ihr zum Zeichen der Anerkennung einen bemerkenswerten Geldbetrag und, nicht nur das, auch lud er sie ein, ihn in seinem Fürstentum zu besuchen.

So wird dieses zielstrebige Mädchen, da es sich unter solchen Verhältnissen im britischen Raum nicht niederlassen kann, nichts säumend, in das kontinentale Europa überwechseln, wo es mit seinem wiederholten flatternden Unfug ein lärmendes, glühendes Szenario sprudeln lassen wird.

Zweiter Teil
<1843–1851>

August 1843–März 1844, Deutschland/Polen

Nach einigen Tagen Aufenthalt am Hofe Heinrichs, wo die Spannungen auch nicht fehlten, und gewissen Vorführungen im Hoftheater von Dresden setzt Lola ihre Tanztournee fort, mit Berlin als nächster Station.

Hier zeichneten drei denkwürdige Ereignisse ihre Anwesenheit:

Ganz mysteriös wurde, kaum eine Nacht bevor sie ihren Fuß in diese Stadt setzte, das königliche Opernhaus, wo ihre geplanten Tanzvorführungen stattfinden sollten, ein Raub der Flammen, wodurch auch schwer zu behebende Schäden verursacht wurden.

Eine andere Überraschung war, dass sich, sobald sie aus ihrer Kutsche vor dem Theaterpalast, in welchem sie erscheinen würde, ausgestiegen war, einige Lausbuben, von manchen ihr sich widersetzenden Herren veranlasst, auf sie stürzten und mit gewissen Falschpistolen, Schleudern und Blasschilfrohren Klumpen, aus Tiermist, Harn und Tinte auf sie schossen.

Einige, welche zur Abwendung dieses geschmacklosen Zwischenfalles hinzuliefen, bekamen das Gleiche ab.

Ihr elegantes, offizielles Kleid musste natürlich gewechselt werden, und dieselbe musste ihre Stimmung wieder aufrichten.

Letztens, geschmacklos auch dies, aber ihrer eigenen Geschmacklosigkeit wegen, als sie mit ihrer Kutsche auf die abgesperrte Gegend stieß, die eine Parade zu Ehren des vom preußischen König eingeladenen Zaren von Russland beherbergte, und versuchte die Kette zu durchbrechen, reagierte sie auf die Hinderung eines Polizeiagenten und peitschte ihn aus.

Trotz alledem und der scharfen Kritiken war sie beim königlichen Diner, das zu Ehren desselben Eingeladenen aufgetragen wurde, wieder dabei.

In Warschau brachte sie die von seiten des Maestros gekünstelte Missbilligung des Publikums dazu, aus der Haut zu fahren und ihn öffentlich zu beschuldigen.

Ohne zu fackeln, verließ sie diese Stadt, um den Rückweg anzutreten.

Ihre Begegnung irgendwann auf der Rückkehr mit dem Komponisten Franz Liszt eröffnete für sie einen neuen Flirt und zugleich den Weg nach Paris.

Etwas Neugieriges, immerzu die Liebe betreffend, war auch zwischen dem vierzehnjährigen Schüler des großen Meisters, welcher ihn während seiner Tournee begleitete, und der liebeziehenden Lola.

Währenddessen starb ihr Stiefvater in Dynapur – aber sie schaute nur vorwärts und nicht rückwärts.

*

März 1844–August 1846, Paris

In der Stadt des Lichtes waren die Verehrer dieser beneidenswerten jungen Frau natürlich nicht wenige. Ihrerseits musste sie einfach eine Wahl treffen.

Das Los fiel auf einen gewissen Dujarier, wohlhabender Pariser, Herausgeber und Kulturredakteur der Zeitung *La Presse*.

Und eines Abends am Ende der Aufführung in der Oper von Paris …:

«Madam, gestatten Sie, dass ich Ihnen in eigener Person diese Blumen schenke» – beim Abnehmen seines Hutes und Sichverbeugen –.

«Alles Rosen – ich verehre Blumenrubine!» – sie nehmend –.

«... O, fasziniert von Ihrem Gutdünken ... Enchantiert von Ihrer Nummer – extravagant! stupend!» «O, ich hab' mich Ihnen nicht vorgestellt, gestatten Sie – Alexandre Dujarier, Herausgeber und Redakteur der Zeitung La Presse» – seine Hand anbietend –.
«Freut mich sehr» – Handschlag –.
«Madam, gestatten Sie mir, Sie zu einem Getränk einzuladen.»

Der Landauer brachte sie in das *Théâtre de la Porte Saint-Martin*, ein geschmackvolles Theater ersten Ranges, hauptsächlich für die kultivierte Pariser Gesellschaft. Lola war bezaubert, als sie sah, dass die Person, welche sie begleitete, besondere Hochachtung des Theaters genoss.
«Gefällt's Ihnen hier?» fragte er sie in einem Moment.
«Ja, 's ist schön – ein warmes Milieu, und die Vorstellung ist beeindruckend.»
«Möchten Sie sich hier sehen lassen? Ich meine damit, dass Sie diese Leute hier in Zukunft beeindrucken könnten.»
«Bestimmt, aber ...»
«Ich verstehe, lassen Sie nur, ich regle das schon», und er legte sanft die Hand auf die ihrige.

Dieser Abend und diese Nacht schenkten sich ihnen; wie auch die vielen anderen folgenden.

Dujarier war ein charmanter, bemittelter Jünglich, wenige Jahre älter als sie, mit Finesse und Geschmack – Sie fühlte sich wohl bei ihm.

Eine gegenseitige Achtung hielt sie näher beieinander.

Obwohl er für sie eine Wohnung dicht bei der seinigen gekauft hatte, wohnten sie praktisch zusammen.

Sie nannte ihn beim Kosenamen *Bon-Bon*.

Ihr Liebhaber hatte sie also mit seinen angesehenen Freunden bekannt gemacht, wie den dazumal viel versprechenden Schriftstellern seiner Zeitung Alexandre Dumas und Honoré de Balzac, hatte sie beim vorbenannten Theater untergebracht und eine solche enkomiastische Werbung für sie gemacht, dass man sagen könnte, ihr Erfolg sei schon belegt und zugegeben gewesen, bevor sie dort überhaupt auch nur begonnen hatte.
Lola enttäuschte diese ihre präludierende Hymne und die Erwartungen nicht, da sie das Theater überfüllte, die Gäste elektrisierte und ihre Ansprüche ausschöpfte.
Ihre Tanzvorstellung, *La Dansomanie*, von einem animierenden Ballett umrahmt und blitzend durch ihre eigenen exzentrischen Tänze, ihre provozierenden, *normverletzenden* Posen, ihre pantomimistischen Figuren, ihre auffallende Schönheit und geschmackvollen Kostüme, magnetisierte, versklavte, nagelte die Massen fest, während sie die Puritaner der *Ronds de Jambe* [Takt] andrerseits zugleich nervte, beleidigte.
Die Bühne wimmelte immerzu von angebotenen Blumen, welche ihr einen besonderen Dekor verliehen, wobei ihre Flut manchmal aber Ausrutschen herbeiführte oder die Tanzdarbietung sogar unmöglich machte!

So erklang und dröhnte das Theater des Tores St. Martin in Paris unter der mondänen Person jener Epoche, Lolas.

Eines Tages, als die Clique Dujariers im Restaurant *Trois Frères Provençaux*, das sie frequentierte, gerade *Lansquenet* [Karten] spielte, brachten einige Worte und Gegenworte Dujarier selbst mit einem ihres Umganges, Rosemond de Beauvallon, zum Wortgefecht.

Die Wahrheit ist, dass seine Lola der Stein des An-

stoßes war; und wahrscheinlich die Eifersucht Beauvallons auf die beiden.
Die Würfel waren gefallen – Duell.

Der junge Herausgeber war mit der Pistole nicht so vertraut wie sein Gegner. Seine Freunde dachten ans Fechten; aber das beherrschte er auch nicht besonders gut. Schließlich beließen sie es beim anfänglich Bestimmten, beim Schießpulver. – *Ehren*stätte, wie gewöhnlich, *Bois de Boulogne*.
Lola hatte bei ihm gewisse Nervositätsspuren dieser vorduellischen, sorgenschweren Stunden erkannt, aber sie konnte sich natürlich nicht vorstellen, dass es um Leben und Tod ging. Des Abends vor dem Zweikampf äußerte er den Wunsch, die Nacht allein zu bleiben und zu verbringen. Spät am Morgen, als sie den Zettel, den er ihr hinterlassen hatte, sah, verstand sie, aber das Verhängnis war schon geschehen. Kurz darauf, als man ihr seinen leblosen und blutüberströmten Leib brachte, hielt sie es nicht aus, und Tränen rollten ihr über das Gesicht.
Aber dieses formidable Weib setzte seine Theaterdarbietungen fort, wenn auch in Schwarz, selbst als seine Leiche noch *warm* war.
Nunmehr ohne die wesentliche Unterstützung ihres Herrn konnte sie sich aber nicht lange allein auf der Bühne dieses Theaters halten. So verlor sie dort in kurzer Zeit ihre Stelle.

Der Sarg Dujariers, auch von Dumas und Balzac gehalten, wurde von der Kirche *Notre-Dame de Lorette* des Montmartre in dessen Friedhof überführt.

Der Verstorbene, großzügig, hinterließ ihr in seinem kurzen Testament ihre möblierte Wohnung, eine gewisse Menge an Geld und einige Aktien am Theater des Königlichen Schlosses.

Sie macht sich, nach einem gewissen künstlerischen Schweigen von etwas mehr als einem Jahr, wieder auf den Weg nach Deutschland.

*

Oktober 1846–März 1848, München

Nach einigen Aufenthalten in bestimmten Städten Deutschlands kommt Lola Anfang Oktober in München an. Am Tag nach ihrer Ankunft erscheint sie im Hoftheater.

Da ihre Tanzfähigkeiten dem Bühnenleiter bei den Proben nicht so sehr gefielen, schaffte er sie sich vom Halse. Sie aber gibt nicht auf, durch einen Bekannten, Künstler von Paris, welcher sich damals in München befand und einen gewissen Zugang zum Palast hatte, schafft sie eine Audienz beim König.

Nachdem sie sich fertig gemacht hatte, so dass sie zum Schönheitsgefühl und zur Exzentrizität dieses Letzteren passte, begab sie sich zu ihm.

Hier ist diese beeindruckende, schmeichelhafte und bestimmende Skizze dieser ihrer sündigen und schicksalhaften Bekanntschaft:

«Señorita Montez ...» – sobald er seinen Blick erhoben und sie gesehen hatte, war sie für ihn schon willkommen und seine Favoritin –.

«Majestät!» – sich förmlich verbeugend –.

... nachdem er von seinem Sitz aufgestanden war und ihr angedeutet hatte, sie könne sich setzen: «Señorita, ich habe viel von Ihnen und Ihren tänzerischen Leistungen gehört, aber das, was ich jetzt vor mir sehe, ist etwas Neues für mich.»

«Und was, wenn Sie gestatten, sehen Sie, Majestät?»

«Ihre Schönheit.»

«Dann wird wohl niemand mit Ihnen über sie gesprochen

haben.»
«Es ist nicht genau das, ich meine Ihre *poetische* Schönheit. ... keine Enttäuschung! – Ihre natürliche Schönheit bleibt auch nicht unbemerkt, sie hinterlässt unverwischbar ihre Spuren.»
Sie, nachdem sie aufgestanden war: «Darf ich Ihnen ein Tanzstück präsentieren?»
«Bitte schön! Aber ohne Musik? ...»
«Tanz ist Gefühl, er kann auch allein ...»
«Wie die Poesie also.»
...
König Ludwig, von der Darbietung hingerissen, streckt während dieser in einem gewissen Augenblick seine Hand aus, auf einige Statuen im Saal zeigend, und stößt hochtrabend auf Griechisch hervor: «*O Eros! O Kallos!*» – wobei er entsprechend auf die Statue des Eros und der Aphrodite zeigt –.
Zu seiner Verwunderung streckt auch Lola ihre Hand *nach ihm* aus, ihn einladend und wiederholend: «*O Eros! O Kallos!*»

Ihre sich spiegelnden Blicke, der sanfte Kontakt ihrer Hände sprachen mehr als ihr Schweigen.
Plötzlich bricht der exzentrische Ludwig den Tanz ab, und man hört ihn, bei seinem Sichzurückziehen, sagen: «So, es reicht jetzt, *die Paralipomena ein andermal!*» «Señorita Lola, *Lola*, was für ein sinnlicher Name!, übermorgen Ihre erste Vorführung.»
«Ja, mein König, und ich danke Ihnen unendlich.»
«Unendlich?! Ach, Sie können in die Residenz umziehen, Sie sind *meine Favoritin*. Also, auf Wiedersehen!»
«Auf Wiedersehen!» süßklingend und ihm einen viel versprechenden Blick schenkend.

In Bayern stand diese Schicksalsperson auf dem Höhepunkt ihres Lebens, auf dem Höhepunkt ihres fatalen Strahlens.

Indem sie das Bayernhaupt, welches, leidenschaftlich, verzweifelt, blind in sie vernarrt war, ihr buchstäblich alle ihre Wünsche, alle ihre Kaprizen erfüllte, in Schach, als Opfer, als Sklaven hielt, führte sie an seiner Seite akrobatisch, prekär das Führersteuer, so dass sie die Geschicke, die Interessen des Reiches aufs Spiel setzte.

Dadurch, dass sie in einer hitzigen Reibungsatmosphäre gegen sie, in einem entgegengesetzten Wind lebte, dachte sie sich aus, bemühte sich um Annäherungen, um Querverbindungen, um ihre Position zu entschwingen und zu verstärken, ihre Absichten geltend zu machen und durchzusetzen – Aber immer und allerwärts stieß sie auf das Etikett *Persona non grata*.

Außer ihrem liebesergriffenen Ludwig und einigen Ihrigen war das ganze Volk ihr feindlich gesinnt; für dieses war sie ... der personifizierte Teufel.

Lola lebte in der Üppigkeit: Luxuriöse Kleidung, kostbarer Schmuck, prächtige Wohnungen und teure verschiedene andere Dinge umgaben ihr Leben.

Eine Fülle von Kleidern, vorzugsweise seiden, satinen, samten, kombinierten sich mit passenden Hüten, Schleiern, Handschuhen, Schuhen etc. sowie auch mit geeigneten Schmuckstücken aus Silber, Gold, Elfenbein und Edelsteinen.

Ihre letzte Wohnung an der *Barerstraße* ein wahrhaftiger Palast: Möbel, Gefäße, Bilder und viel anderes von Wert.

Und all dies von ihrem Herrn.

Ihr Hinausgehen war hauptsächlich abendlich, offiziell:

Theater, Konzerthaus, königliche Residenz, Partys, Diners, Besuche. Das unter Tags relativ nicht so häufig, und eher mit ihrer Kutsche als zu Fuß. – ¨Dies bildete vielleicht auch einen Schild gegenüber einer eventuellen Reiberei mit den Leuten.¨

Die Lola des Tageslicht wurde zur Tagesperson. In ihrer typischen Lola bildete sie eine ganzschwarze feminine Silhouette mit Haar, Kostüm, Hut, Schleier, Handschuhen, Stiefeletten ganz in Schwarz, *mit einer individualisierten, schwarzen Peitsche und mit einem riesigen, schwarzen Hund (ein schwarzer Däne)!* – vae aggressoribus!

Aber die Münchener erschraken nicht vor ihr, und so Lola auf den Straßen ... gezwungenermaßen Zwischenfälle.

Diese nahmen hier eine karikaturistische Charakteristizität, eine Komikodramatizität an:

Stellen Sie sich mal vor, wie sie die Peitsche hinausschleudert und die Luft zur Drohung schlägt, der Hund, wie er mit seinem rasenden Bellen die Atmosphäre durchschneidet und ein Schwarm Leute mit Stöcken, Schirmen und anderer Art Mitteln, Gardinenleisten, Kleiderständern usw., welche sie sich von den umliegenden Läden verschafft hatten, wie sie drohen, sie zu lynchen. Nachdem Sichwehrende und Angreifende in einer Kirche geendet waren, wie sie mit ihrem Hund im Altarplatz eingeschlossen ist und jetzt als Waffe die angezündeten Kandelaber vor sich hält, der wütende Pöbel, wie er die Freistätte dieses heiligen Ortes verletzen will, und der Priester, zur Seite gedrängt, wie er das Unheil mit den Gebeten wegwünscht; letztens die Polizei – Gott sei Dank für den Pater – wie sie versucht, Ordnung zu schaffen.

Ein andermal biss ihr Hund zufällig einen gewissen

Kärrner; dieser, nachdem er ein Stück Holz von seiner Ladung genommen hatte, versuchte, ihn zu schlagen. Sobald sie das gesehen hatte, ging sie hin und ohrfeigte das Opfer, und zwar wiederholt, wobei sie schimpfte! Das konnten die Passanten nicht ertragen, sie schlugen sie in die Flucht. Bei ihrem Versuch davonzukommen, drang sie in einen Silberladen ein, schloss seine Tür ab, machte seine Fensterläden zu und zwang durch ihren Hund den Silberhändler zum Schutz. Der Letzte flehte die außen an, nicht zum Aufbrechen zu schreiten, weil, wie derselbe sagte, sein Leben in Gefahr war. Sie mussten abwarten, bis es Nacht geworden war, damit alle, auch der Silberhändler, durch ein Hinterfenster hinausgehen und daher durch ein anderes Fenster in ein Hotel eintreten konnten, von wo sie endlich wohlbehalten herauskamen.

Und dies und das Beispiel weiter oben sind natürlich nicht die einzigen; wie schon gesagt, machte jeder Ausgang von ihr auch seine Geschichte.

Außer ihren Ausgangsszenerien gab es auch andere entbrannte Szenen – in Parties, Festmahlen und anderen Momenten:

In einer Party warf sie ein Glas Champagner nach einem gewissen Grafen, weil er einfach nicht nach ihrem Geschmack war und sie ihn für anspielend, teuflisch hielt. Das Merkwürdige daran ist, dass er sie wegen ihres weiblichen Geschlechtes nicht zum Duell herausfordern wollte, während sie sich bereitwillig zeigte. – Und Lola war in Sachen Pistole ziemlich fähig.

An einem offiziellen Bankett geriet sie in scharfe, beißende Töne mit dem Sohn des königlichen Architekten, welchen sie als klebrig betrachtete.

Bei ihrem Modellzeichner und Hutmacher stellte sie den Laden auf den Kopf, indem sie ihm seine Kleider und

Hüte ins Gesicht warf.

Dem Eigentümer des anerkannten Hotels *Gasthaus zum goldenen Hirsch*, wo sie anfangs für einige Zeit verweilte, zog sie die Ohren lang und verhöhnte ihn mit der Zunge, und dem Hofschneider, welcher zur Unterstützung des Letzten eingriff, öffnete sie gewaltsam das Jackett, wodurch sie ihm die Knöpfe lostrennte.

Bei einem gewissen Liebhaber von ihr lief sie mitten in der Nacht zu seinem Mehrfamilienhaus und brachte mit ihrer wildschreienden Stimme alle auf die Beine; andrerseits verlor sie durch das gegenseitige Beschimpfen und bei ihrem Zorn ihre Besinnung, und fiel hin. Und einerseits versuchte man, sie wieder zu sich zu bringen, anderseits wollte man sie schlagen.

Bei der Vorladung zur Polizei wegen Ruhestörung, nachdem sie den Befehlschein zerrissen hatte, legte sie ihre Hand an den Hals des Polizisten und sagte ihm ironisch: «*Schreiben Sie ihn nochmals!*». – Und ihre Zwischenfälle machten gute Fortschritte.

Lola blühte und gedieh mit den Lieben in München. Außer als Mätresse Ludwigs wehte die frische, jugendliche Luft für sie. In ihren Liebesmonden fanden zwei gewohnte Kavaliere einen Lichtplatz, während in ihrem Schatten ziemlich viele verdeckt waren.

So fehlten hauptsächlich Nachtbesuche bei ihr zu Hause nicht; und durch Augen, Ohren und Zunge ihres Zimmermädchens schwirrte die Gesellschaft.

Dieses Echo störte natürlich, brachte ihren Monarchen zum Leiden; aber jene wies es ab, leugnete es, schwor bei *ihrer Ehre*, bei dem, was *ihr Allerheiligstes* war – Sie überredete ihn, kam mit ihm aus, überzeugte ihn von *ihrer Unschuld.*

Mit dem ersten ihrer beiden gewohnten Partner, einem gewissen Oberleutnant, nahmen die Dinge, wie gewohnt, eine spielerische, launenhafte, komische Wendung: Abgesehen von ihren bizarren Zänkereien ließ sie ihn aus Trotz zwei Mal durch Ludwig versetzen und anschließend dann doch wieder zurückversetzen. Ferner kam es mit ihrem Techtelmechtel so weit, dass er mit seinem Freund, einem Oberleutnant, schließlich auch einer ihrer Liebhaber, ein Duell austragen musste – Nur gut, dass ihr ein Licht aufging und sie es selbst abwandte.
Mit dem zweiten ihrer beiden gewohnten Partner, einem Studenten, zog sich die Affäre in die Länge, obwohl sie diesen auch betrog und an die Schwelle des Duells brachte, und diese war sowohl für ihren Ludwig als auch für sie katalytisch fatal.

Ein symbolisches Element, das Lola zu ihrer Zeit schon immer begleitete und emblematisierte, war der Tabak, das heißt die Zigarette und die Zigarren. Eine formidable Raucherin, das war ihr geläufig. Und einerseits konstituierte dieses Symbol einen erregenden Dorn, weckte den Volkszorn gegen sie, andrerseits machte es sie jedoch zum Meilenstein in der traditionelle Geschichte der Bayern – Lola war die erste Frau, welche öffentlich in München rauchte, und der Beweggrund Ludwigs, um das Rauchen bereits öffentlich einzuführen.

Mit ihrer Zigarette und ihren Zigarren waren im bayrischen Milieu sogar verschiedene Anekdoten und Karikaturen verbunden.

Noch heute finden sich deren Stummel in Privatsammlungen.

Der Landesherr Ludwig, schon sechzigjährig – in

deutlichem Kontrast zu seiner fünfundzwanzigjährigen Lola –, mit der Königin Theresia verheiratet und mit so vielen Nachfolgern, im Zwielicht versunken, von ihrer exotischen Schönheit verdummt, in seinen luziden Augenblicken empfand er sich selbst entfremdet, aber er war verzweifelt außer Stande, dieser Liebesvergessenheit, die ihn erbarmungslos traf, zu entkommen.

Seine Verblüfftheit war so groß, dass er, nach kaum eineinhalb Monaten Bekanntschaft mit ihr, zur Änderung seines Testamentes überging und für seine Gute einen Posten von 100.000 Florinen beifügte, unter der Bedingung, dass sie diesen nach seinem Tod, und sofern sie nicht verheiratet oder Witwe war, entgegennahm, ihr kurz darauf ein imposantes Gebäude kaufte, das ihn wegen seiner Renovierung einen bedeutenden Betrag kostete, und ein bisschen später bei seiner Regierung eine Bittschrift zu deren Einbürgerung sowie zum Titel der Gräfin einreicht!

Nun soll das nicht heißen, dass seine absurden Ansprüche die Billigung und Genehmigung seiner Minister fanden, so dass Verluste von Sitzen aufeinander folgten – zur Zeit Lolas war die Exekutive drei Mal radikal umgebildet worden!

Was die Desiderate betrifft, erreichte der Monarch diese mit einem unorthodoxen, geheimen Weg – So wurde seine Liebhaberin bayerische Bürgerin und Gräfin *Von Landsfeld.*

Ein anderer traditioneller, aber neuralgischer Autoritätssektor war die Kirche.

Das von Katholiken beherrschte, puritanische, jesuitische Bayern übte Druck aus durch das Bombardieren Ludwigs mit dem Gewicht und der Konsequenz dieser seiner unerlaubten Beziehung, mit dem, was ihre Bescheide be-

trifft, Implizieren und Betonen durchdringender Ansichten zum Verlust des Paradieses und zu dessen Beförderung in die Hölle.
Er aber, anstatt sich nach ihren Aussagen zu richten, schwächt politisch die Kirche, bleibt immer bei seiner Leier und nimmt es auch noch humoristisch.

Charakteristisch das Weiterstehende an den Erzbischof von München:

Bleiben Sie bei Ihrer Stola
ich bleibe lieber bei meiner Lola!

Ein wirklicher Dorn für sie war auch der Journalistenkörper.
Durch ihre bitteren, pikanten Kolumnen und ihre beißenden Karikaturen störten sie dieses außerordentliche Paar sichtlich.
Er legte durch einen Artikel sein Veto gegen ihre *übertriebenen Medisancen* ein, aber jene machten praktisch unnachgiebig weiter.

Ein reformierender Anteil fiel auch der Universität zu.

Diese war in die *Lolisten*, ein kleiner Teil, und in die *Antilolisten*, der Mehrheit der Studenten, gespalten.
Die Maßnahmen begünstigten natürlich die ersten, führten aber nichts als Tumult, Verschärfung der lolistischen Lage, des *Lolismus* herbei.

In dieser gespannten Zeit Bayerns waren der Aufbau und das Sichscharen von Ideen, Glaube und Bewegungen sowie deren offener kollektiver Ausdruck, die Demonstration, etwas Landläufiges. Verschiedene Orden, *Obskuranten, Eudämonisten, Freimaurer ...*, machten ihr Dasein sichtbar, indem sie in den Fackelzug zogen,

selbst wenn dieser nicht von einer reinen Proteststimme beseelt wurde. Neben diesen nicht lärmenden, friedlichen Zügen gab es aber auch andere, und solche waren die meisten hier, mit Erregung, Zorn und Entschlossenheit verschärft.
Von den zahlreichen Unruhen Münchens zur Zeit Lolas waren zwei die ausdruckvolleren – beide im März des Jahres '47 beziehungsweise des Jahres '48 –, besonders die zweite.

Die erste fand nach der Absetzung des Ministerpräsidenten statt, als ein Philosophieprofessor die übrigen Professoren der Universität zur Beratung rief und sie zur offenen Unterstützung des Abgesetzten ermutigte. Damit aber verlor er seine Stelle. Dann versammelten sich die Studenten (Antilolisten), mit Leib und Seele, massenhaft außerhalb seines Hauses, zeigten ihm ihre Sympathie und lobpreisten ihn mit Parolen und Liedern.
Anschließend erschienen sie außerhalb des Hauses von Lola und brüllten sie nieder – «*DIE HURE MUSS WEG! DIE HURE MUSS WEG! …!*» Als sie sich gestikulierend und verhöhnend auf dem Balkon eingefunden hatte, fingen sie an, Steine, faule Kartoffeln, faule Äpfel und andere solche Dinge zu werfen, so dass sie ihr die Fensterscheiben zerbrachen, und sie beeilten sich, aufgebracht, ihre Tür aufzubrechen, um in ihre Wohnung einzutreten – Mit knapper Not konnte die Polizei sie in Schach halten.
Aber es endete hier nicht, sie bewegten sich zum Palast hin, wo sich ähnliche Szenen entwickelten.

Die zweite und schlimmere Unruhe, gefährlich und wirksam, bildete die letzte und höchste. Die zwei Lager, Antilolisten und Volk, Lolisten und Machtbehörden, trafen bewaffnet aufeinander! – Der Einbruch in die Waffenkam-

mer vonseiten der ersten verschaffte ihnen reichlich Kampfmaterial.
Tage lang war München zum Schlachtfeld geworden – mit Verletzungen und Toden.

Unter diesen Umständen also und zumal die Waage sich zur Seite des Volkes neigte, wird einerseits Lola gezwungenermaßen ausgewiesen, andrerseits Ludwig entthront ... um dieses bayerische Kapitel so abzuschließen.

Lola setzte sich als Tänzerin nur zwei Male in München in Szene; und dies weil sie sich dort schnell ihrer neuen Lebensform widmete.
Mit Ludwig traf sie sich ununterbrochen, jeden Tag. Nicht wenige Male gingen sie zusammen aus; am Anfang noch in Anwesenheit der Königin Theresia und der Übrigen der königlichen Familie.

Es brauchte aber nicht lange, bis die Gattin den Umgang mit ihr abbrach, da der Tratsch ja schwirrte.
Ihre gewohnten Orte waren das Theater, die Oper, das Odeon.
Sie verbrachten auch Ferien zusammen, noch ziemlich viele Tage. Übrigens war es in diesen, wo er seine glänzendsten Gedichte für sie schrieb.
Natürlich ließ er auch ein Porträt von ihr malen, und zwar wiederholt, welches in den *Schönheitensaal* der königlichen Galerie gestellt wurde. (Noch heute findet man es dort.) Ihrerseits ließ sie sich ihren Fuß als Marmorskulptur machen, welchen sie ihm schenkte. (Diesen findet man ebenfalls auch heute noch.)

*

März 1848–Dezember 1851, Genf/London/Paris
Nach einem kurzen Aufenthalt in Bern, der im Wesentli-

chen aber mehr in Deutschland war als in Bern – natürlich nicht in Bayern –, zu Besuch bei einigen Freunden von ihr, wählt Lola Genf als ihre Wohnstätte.

Inzwischen wurde in einem gewissen Theater Londons das satirische Stück *Eine Gräfin für eine Stunde* in Szene gesetzt, welches natürlich sie und ihren König betraf; deswegen, zornig, übermittelte sie ihm eine Nachricht, damit er das Gehörige tat, um diese Komödie zu beendigen.

Durch die bayerische Botschaft wurde das Stück abgebrochen, aber einen Monat danach erschien es unter einem anderen und milderen Titel wieder.

In dieser Stadt der Romandie wird es also sein, wo Lolitta (wie er sie nannte) und *Lolus* (wie man ihn ironisch nannte) sich zum letzten Mal sehen sollten.

Hier mietete sie den imposanten Herrensitz *Château de l'Impératrice*, der Kaiserin Josephine, und, nachdem sie ihren Palast in München verkauft hatte, ließ sie alle Möbel und verschiedene Dekorationsgegenstände in ihre neue Wohnung transportieren.

In Genf befand sich damals ein aristokratischer und doppelherziger Typ, Franzose, namens Papon, der sich als Abstammender einer Marquisader präsentierte, welcher in den Klatschen, Verleumdungen und Intrigen der guten Gesellschaft lebte.

Er war natürlich einer der Ersten, der die Ankunft Lolas in ihrer Stadt erfuhr. Es kam ihm nun in den Sinn, dass er irgendwas mit ihr aushecken könnte. Da er sich dabei aber bewusst war, dass man sie nicht so leicht manipulieren konnte, zögerte er ein wenig; aber die Idee zu verlassen, gefiel ihm nicht. So setzte er dazu an.

Er verständigte sich mit jemandem seines Kreises, und

sie organisierten einen Maskenball beim Letzteren zu Hause, wo natürlich auch Lola eingeladen war. Auf diesem sollten verschiedene Spielwettbewerbe mit hübschen, verlockenden Kampfpreisen, welche aber alle nur Betrug waren, ihm gehörten, die Eingeladenen bezaubern. Es war sicher, dass sie ihm verblieben, da er mit Schwert und Pistole, und als Betrüger, sowie bei den anderen weniger edlen Spielen unbesiegbar war.

Nun, bevor er sich auf der Party einfand, lauerte er Lola, in der Nähe ihres Hauses versteckt, auf: Er musste ihr Kostüm, ihre Maske sehen, um sie zu erkennen. Und als sie endlich herausgekommen war, bewunderte er sie wirklich – ein stockschwarzer Panther mit goldenem Schnurrbart.

Auf der Party waren, wie es zu erwarten war, beim Fechten und Schießen diese zwei, Lola und Papon, übrig geblieben.

In einer angespannten Atmosphäre wunderten sich die Leute über die Virtuosität dieser Frau, mit welcher sie sich ihrem Gegner stellte; was zusammen mit ihrem strahlenden Pantherismus entzückte und flüsternden Verdacht über ihre Identität erweckte.

Topp, sie verlor, aber für die Umstehenden war sie der Sieger, die Person des Tanzabends.

Hierauf pikiert, folgte sie ab und zu mit verstohlenen Blicken diesem Lumpen, der nicht anders konnte, als zu gewinnen. Natürlich machte auch der andere das Gleiche. Und in einem Augenblick, der dazu Anlass bot, näherte er sich ihr:

«Madam, gestatten Sie, dass ich mich vorstelle – Papon, August Papon, Marquis de Sarde.»

«Maura Pantera, Gräfin de Château Noir. [Schwarze Panthera, Gräfin der Schwarzen Burg (!)]» gibt sie mit

launigem Einfall zurück.
«Maura Pantera *Lola*, Gräfin von Landsfeld», Revanche nehmend und sich etwas zu ihrem Ohr neigend.
«Ja, mein weißer Schwan (er trug eine weiße Schwanmaske und dazu absichtlich einen weißen Anzug, um ihre Aufmerksamkeit kontrastierend auf sich zu ziehen), *Lola Montez*», Revanche etwas ärgerlich rückschlagend und sich, jetzt sie, zu seinem Ohr neigend.
Nachdem sie ihr Getränk vom angebotenen Tablett des Hausdieners ersetzt haben, bringt er ein Prosit auf sie aus: «Auf Lola!»
«Auf den Ring und die Halskette! [von Papon gewonnen]»
«Oh, ich mag Kaprizenschädel und Verlangerinnen! Ich schenke sie Ihnen! ... Ich meine, ich werde sie Ihnen schenken, nicht hier, sonstwo ... Ach, wir ähneln uns in vielem.»
«Ja, wie unsre Kleider.»
«Lola, wir könnten viele Dinge zusammen machen.»
«Was für Dinge?»
«Geld, Ruhm ... Aber lassen wir das für ein andermal. Darf ich bitten?»
...

Auf diese Weise fanden die zwei sich ähnelnden Hypokriten einander, und Papon wurde ihr gewohnter Liebhaber in Genf – aber nicht der einzige, ...
Dadurch, dass er nun bei ihr lebte, lernte er, wie es natürlich so ist, ihre Gedanken, Schwächen und vieles mehr kennen; aber auch wurde er sich bewusst, dass es nicht leicht war, mit Lola zu spielen. Er hatte sich deshalb darauf beschränkt, sich mit etwas Erreichbarerem, ihren Briefen ... ihrem Abschreiben in abgekürzter Form, zu begnügen – ¨Aber auch dies ... was für eine Anstren-

gung! Es würde sich wohl aber schon lohnen."
Er hatte die Gelegenheit, als Lola zusammen mit ihrer Zofe das Haus verließ, für einige Tage Ferien, und zwar im Malans Graubündens, wohin auch König Ludwig kommen würde, welcher aber seine Ankunft aus einem gewissen Grund schließlich absagte. So, nachdem er eines Nachts ein Seil mit einem Haken geworfen hatte, kletterte er auf das Dach und brach eines von den Fenstern der Mansarde auf. Welches das Versteck des Schlüssels vom Briefkasten war, wusste er ja. Er setzte sich dann in aller Ruhe hin und kopierte mit eigenem System so manchen Brief von ihr.
Hierauf drohte Papon Ludwig mit deren Veröffentlichung, wobei er von ihm einen großzügigen Betrag verlangte. Da der Herrscher einen Skandal fürchtete und über die Skrupellosigkeit dieses Betrügers informiert war, beugte er sich und bot ihm seine Florine an. Doch schritt der andere trotzdem zu ihrer Veröffentlichung.

Nach dieser Geschichte brach Lola natürlich jede Beziehung zu ihm ab.

Im September des Jahres '49 entschließt sich Lola, wieder nach London zurückzukehren.
Dort lernt sie einen einundzwanzigjährigen Oberleutnant, namens Heald, aber Erbe eines beträchtlichen Vermögens, kennen. Sie heiratet ihn unter dem Namen *Maria de los Dolores de Landsfeld.* Ihre Trauung findet in zwei Kirchen statt: in einer römisch-katholischen zuerst und in einer anglikanischen hinterher.
Eine Tante des Bräutigams, welche diese merkwürdige Person nicht riechen konnte, beauftragte einen gewissen Staatsanwalt mit der Aufspürung ihrer Vergangenheit. Als ihr richtiger Name, Eliza Gilbert James, und ihre dahinter-

steckende Bigamie aufgedeckt wurde, wurde sie eingesperrt. Der Neuvermählte musste eine tüchtige Kaution zahlen, um sie herauszuholen. Unter den gegebenen Verhältnissen in London bleiben, konnten sie aber nicht, das war klar; so waren sie gezwungen, England zu verlassen.
Lebt man mit einer Frau wie dieser, wird man sicher Gewitter, Aufregungen zu spüren bekommen, wie ein Schiff, das im Seesturm mit dem Tode ringt, ein von Anfang an Verurteilter. Es dauerte folglich nicht lange, ehe Streite auftauchten, und zwar so stürmisch, dass sie bei einer ihrer Auseinandersetzung in Barcelona in ihrem Hotel ... einen Knicker ergriff und ihn an der Hand verletzte. Ähnliche Zwischenfälle in Cádiz brachten den Gatten dazu, sie zu verlassen und allein nach England zurückzukehren. Später zog sie, auch allein, ihre Straße nach Paris.

Das zweijährige Leben von *Mme la Comtesse de Landsfeld* in Paris war im Allgemeinen von gleicher Art wie jenes in München; dazu schwärzten ostensible depressive Merkmale, sich in einem analogen Verhalten äußernd, einen neuen Schatten in ihrer Skizzierung an.
Das erste Sechsmondige war durch keine besonderen Aufregungen, Eheleben zum Schein, Allgegenwart und arrogante Effekthascherei charakterisiert.

In der Tat kam ihr Mann zu ihr zurück, und sie mieteten zusammen ein Herrenhaus, *Château Beaujon*, in der Nähe der Champs Élysées. Das Haus wurde wie immer mit teuren Möbeln, Bilden, Gefäßen etc. nach ihrem Geschmack bereichert. (Eines von den Bilden war auch das ihres Ludwigs, welches sie immer, wie auch seine Hand-Statuette, mit sich beförderte). Ein ausgewähltes Perso-

nal kümmerte sich um ihren Haushalt. – Während der Vorbereitungen des Hauses, sie hatten es noch nicht entgegengenommen, balgte sie sich heftig mit der Frau des Eigentümers – Das Ereignis wurde auch bei der Polizei eingetragen. Währenddessen verkehrte sie auch noch mit ihrem Dekorateur.
Lola war in diesem Zeitraum vielausgängig; ihre Gegenwart in der Highsociety zählte. Sie war zu Partys, Feierlichkeiten und Einweihungsfesten der feinen Welt eingeladen, wo nicht selten auch der französische Präsident Louis Napoleon miteingeladen war. Sie bot ihre Anwesenheit auch dem Pferderennen. – Die Lästerzungen redeten über eine Schwindlerin und Reichtum-Ruhm-Jägerin.

Ihr Figurtyp stach wie immer durch ihr schickes Äußeres, von einer wahren, frischen scharlachroten Kamelie girlandiert, in ihrer blankgoldenen Breithaarspange über ihrem Ohr ausgefallen eingeklemmt, hervor. Wenn sie zusammen hinausgingen, ging die eigene Kutsche voran, während die ihres Gemahles in einem gewissen Abstand folgte. Ihr Wagen, eine *Kalesche* Bijou, golden, mit Elfenbein verziert und durch vier, schneeweiße, englische Pferde gezogen, als Gegensatz zu ihrer gewohnten dunklen Ankleidung, und zu jenem kleinen und gemeinen *Phaethon* ihres Mannes, zog die Blicke auf sich und erregte die Kritiken. Ihr Wagenführer, haargenau auf seine Bekleidung achtend, elegant geziert, harmonisierte mit Ton und Eleganz des Ganzen. – Wiederholt verursachten auch hier einfache Leute, von diesem Anblick gereizt, Zwischenfälle und buhten sie verjagend aus.

Das folgende Sechsmondige war dahingegen im Allgemeinen von Dekadenz gezeichnet: Verlassen, ausste-

hende Schulden, moralischer und seelischer Bankrott. Daneben Atemzüge der Erleichterung und Beflügelungsfunken.
Ihr Ludwig schenkte ihr den Coup de Grâce durch das definitive Abstoppen ihrer Finanzierung und indem er seine Anwesenheit in seinen Briefen immer mehr abführte. Ihre Anrufungen fanden keinen Anklang, und das kostete sie teuer.
Ihr elender Mann ließ sie im Stich und mit ihren Schuldenproblemen zurück, dadurch, dass er erlesene Güter, darunter ihre Briefe, den Gräfinentitel und die Marmorhand, in ihrer Abwesenheit unversehens und duckmäuserig an sich raffte und so, mit allen beiden Wagen von ihnen, beladen, heimlich wegfuhr. – Später gab er zurück, was Lola gehörte.
Die Verschwendung und Habgier Lolas, alles und nur das Beste zu haben, verurteilten sie gleich zu Beginn. Sie war „Spezialistin“ in den Ratenkäufen. Man könnte sagen, dass eine unrechtzeitige und aprilische Bezahlung eines jeden Kaufes bei demselben gegeben und mit ihm verflochten war – Und dies bezog sich nicht nur auf große Dinge, sondern auch auf jene einfachere und lebensnotwendige. So übte eine Kette von Gläubigern Proteste und Druck aus und forderte das Herausholen der schuldigen Summe, trachtete danach. Ihnen gegenüber reagierte sie mit der schäbigen und menschlichen Art der Vermeidung: Z.B. erklärte sie das Dienstmädchen immer für abwesend, oder wenn sie irgendeinen von diesen zufällig draußen traf, wusste sie die Sache listig zu drehen, wie es ihr gefiel, usw.

Bei ihrer Sorge um die Schulden beging sie auch Ungebührlichkeiten. So flüchtete sie im Herzen einer Nacht manches ihrer Lieblingshabe durch die hintere Haustür in ihren Garten, um es auf ihre Kutsche zu laden und zu verschwinden. Ihre Tat wurde aber bemerkt, und auch in die Polizeiregister eingetragen.

Ihr Maler und Bildhauer, welcher ein sehr schönes Porträt sowie eine ebenso schöne Skulptur von ihr machte, die er beabsichtigte, auch an Ausstellungen im Louvre und anderswo zu präsentieren, war gezwungen, vors Brett zu kommen, da sie keine Zahlungsbereitschaft zeigte.

In diesem Herbst des Jahres '50 fühlte sich Lola furchtbar niedergeschlagen, enttäuscht, verlassen, einsam. Ihr Schmerz liebäugelte mit den eitlen Briefen ihres Ludwigs und fand im Verfassen ihrer Memoiren Trost. Sie äußerte den Wunsch, sich ins Kloster zurückzuziehen, in den Orden der Karmeliterinnen bei Madrid, wie dieselbe sagte. Die Trösterchen ihres Arztes konnten sie nicht wirklich wiederbeseelen. So, in ihrer Betrübnis erstickt, schienen ihr die bescheidenen Zuflüchte, wie die nahe Volkstaverne und die Kirche nahe bei ihrem Haus, als würden diese sie einladen.

Niedrig gelandet, mit ihrem glanzlosen und nunmehr annehmbaren Kleid, von ihrem glänzenden Schmuck nackt, distanziert, etwas nachlässig mit ihren Haaren, aber immerzu mit ihrem purpurroten Emblem an ihrem Ohr, der Kamelie, wenn auch jetzt nicht mehr ganz taufrisch, mit gebrochener Stimme und mit erloschenen, leidgeprüften Augen fand sie in jenem anspruchslosen Tavernchen Platz, als Partner, als Medikament den Wein und als Gegengift diese ihre andere, gemeine Gesellschaft habend. – Lola behielt ihren Mut dennoch und kümmerte sich nicht um die dortigen wahrscheinlich widrigen Reaktionen, falls man sie erkennen sollte; die schließlich nicht in Hitze gerieten und sich in ihrem Ärger zurückhielten – doch nicht für lange Zeit, denn einmal entbrannten sie und warfen sie schlimm auf die Straße.

In der Kirche *Sainte-Madelaine* beichtete sie, nachdem sie sich vorbeugend getarnt hatte, dem Priester:
«Pater, ich weiß nicht, woher ich die Courage, die Kraft nehme, mich hier im Gotteshaus einzufinden. Ich fühle mich, wie Magdalene sich vor ihrem Herrn wohl fühlen würde. Ich bin eine Vergessene des Höchsten, eine Sünderin, eine unheilbare Sünderin ... das verlorene Schaf der Herde.»
«Mein Kind, vergiss nicht, dass dieser Tempel hier Magdalenens ist und die Liebe und Zuneigung des Allmächtigen in seinem Herzen unendlich groß. ... Nun komm schon, was hast du mir zu sagen?»
«Verehrter Vater ... ich heiratete ein zweites Mal, während mein Mann noch lebte ... und nicht nur das ... ich schlief auch vielen bei ... zu vielen ... einmal auch einer Frau.»
Als der Pastor diese Worte hörte, versuchte er kaltes Blut zu bewahren, aber ...: «Das ist Blasphemie! Das ist Verdammnis! Wie konntest du ...! ... Ach, *verirrtes Weib, der Herr sei mit dir»*, und er bekreuzigte sie von seinem Beichtstuhl aus. «Deine Lebensweise ist jetzt noch die gleiche wie diese, welche du mir geschildert hast, oder ...?»
«Ja, im Wesentlichen hat sie sich nicht verändert; aber ich spüre, dass ich mich verändern will.»
«Es genügt nicht, es zu sagen, es zu spüren, aber es zu tun.» «Den Ablass kann ich dir nicht erteilen, jetzt sicher nicht, deine Sünden sind schwer; meinen Segen schon. Bereue aufrichtig, ändere dein Leben und du sollst beten ... nur so wird Gott dir beistehen und du wirst deinen Erlass erlangen. Amen.»

Der Gewissensvater möchte ja auch wissen – menschliche Natur –, welcher dieser sein unerwarteter und unerhörter Fall ist. An ihrem Französisch merkte er, dass sie fremd war, aber wegen seines Klerikalen durfte er das Mondäne von Paris natürlich nicht kennen, und so konnte er sich selbstverständlich auch nicht vorstellen, wer sich hinter diesen Worten verbarg. Seine Frage klärte aber dieselbe, als sie ihn fragte, ob sie außerhalb der Beichte wiederkommen könne, um ihm ihr Leben ausgedehnter zu erzählen, da er sie vielleicht so besser verstehen könnte. Der Kleriker wusste bereits bei der nächsten Audienz schon, dass seine Sünderin keine andere als *Lola, la lionne de Paris* [die Löwin von Paris], war.

Die Letzte aber, ihrer Natur gemäß, folgte den Kirchenprinzipien nicht lange, und kam, nach einem kurzen Mond von Nachgiebigkeit und einer gewissen Befolgung, wieder auf ihren alten Rhythmus zurück.
Lola hatte natürlich auch ihre Bewunderer, die ihr bei diesem ihrem steigenden Lauf einen Hauch von Unterstützung und Linderung schenkten.

Z.B. beschenkte sie der Prinz von Nepal, mit welchem sie sich auch noch auf Brahmanisch unterredete, beeindruckt, bevor er von Paris abfuhr, mit einem einzigartigen Schal, mit Gold und echten Edelsteinen verziert, mit verschiedenen Schmuckstücken und bezahlte ihr obendrein auch noch alle ihre Schulden.

Eine greise Dame ihres Kreises, eine Bekannte von ihrem Freund-Liebhaber und Verfasser ihrer Schriften, machte die nette Geste, ihr die Mieten ihrer neuen und kleineren Wohnung zu bezahlen.

Sogar Lebensfäden wurden ihr zuliebe abgeschnitten – drei Duelle hatten sich abgespielt, mit ihren tragi-

schen Konsequenzen.
Die schönsten Abende, welche Lola jemals in Paris darbot, waren vielleicht diese ihrer zwei Parties im Dezember des Jahres '50, die, von derselben mit ihrem feinen und exquisiten Geschmack in einem kleinen Hotel organisiert, ihr erlesenes Publikum unterhielten und entzückten.

Der überfüllte Saal, mit Leckerbissen, Musik und Attraktion, amüsierte sich erschütternd zum Schlag Lolas.

Diese, ein schneeweißes, seidenes Kleid tragend, mit ihrer unzertrennlichen Kamelie und sich die Ehrenschnur des Ordens der heiligen Theresia, welche man ihr während der Salbungszeremonie zur Gräfin in München verlieh, umgebunden habend, sagte aus und besiegelte ihre Identität, versklavte und raubte die Herzen ihrer Gäste.

Mit dem neuen Jahr fing die Zeitung *Le Pays* an, ihre Denkwürdigkeiten in einer Serie herauszubringen, welche doch leider bald unterbrochen wurde, da deren Direktor zu ihrem Unglück gewechselt wurde und dadurch eine weitere Herausgabe nicht mehr erlaubt war.
Enttäuscht und in finanziellem Rückgang, wendet sie sich von neuem an ihren Ludwig und bittet ihn inständig noch einmal um seinen Geldsekkurs.
Dieser aber lässt sie wissen, dass er die Rückgabe seiner Briefe wünscht und ihr einen entsprechenden bedeutenden Betrag nur danach gewähren wird.

Und so geschah es; sie wurden durch eine vermittelnde Person nach Rom, wo der Monarch sich vorläufig befand, übergeben, und sie erhielt dann ihr Geld.
Nach all dem sieht sie kein anderes Überlebensmittel für sich als den Tanz. Mit dem Sommer beginnt sie intensiv zu üben und die Eroberung der Bühne wieder anzuzie-

len.

Im September, nachdem sie bei einer gewissen Firma schon einen Vertrag unterschrieben hat, stürmt ihre Tournee hervor.

Zuerst in Frankreich, dann Belgien und Deutschland. Im Letzteren, wenn auch außerhalb der Grenzen Bayerns, werden ihre Tanzvorführungen abgesagt, da sie auch hier als Urian angesehen wird. Das erzeugt eine gewisse Spannung bei ihrem Tanzprogramm, welche ein derart großes Ausmaß annimmt, dass es am Ende vor Gericht kommt.

Inzwischen hat sie einen gewissen amerikanischen Manager kennengelernt, der sie nun zu neuen Horizonten, Amerika, ermutigt.

Und am 20. November '51 schifft Lola sich in Le Havre auf der *Humboldt* ein; am 5. Dezember New York.

Dritter Teil
<1851–1861>

Dezember 1851–Juni 1855, USA
In Amerika traf Lola einen positiven, einträglichen Boden. Hier breitete sie wieder ihre Flügel aus für ihre neue Welt, für ihre neue Karriere.
Ihre Aufnahme an bestimmten Orten war so groß, anders als jene anfänglichen kühlen oder die nachherigen, zwar innigen, aber immer skeptischen, reservierten Aufnahmen Europas, dass sie selbst derselben allzusehr beeindruckend auffiel: Kanonenschüsse, Glockengeläute, Hochrufe und Händedrücke begrüßten ihr Vorbeigehen. (An manchen Orten wurden auch die Schulen geschlossen, damit man ihr entgegengehen konnte.). – Dies machte sie zu einer Ikone und holte sie zu jener finsteren Lola Münchens mit der erbarmungslosen Peitsche, dem bissdürstigen Hund und der hitzschießpulverigen Pistole zurück.

Und wo Lola ist, gibt es Krawalle, und die Prügel werden *geheiligt* – aber auch der Tod:
Diese ihre Geißel wurde so manches Mal ausgebreitet, knallte auf Künstler, Journalisten, Polizisten und sogar auf Priester (!). Ihre Bulldogge, wie auch übrigens ihre eigene Herrin (!), wütete beim Beißen. Und diese ihre Kanone wurde abgegürtet und ging nicht selten in die Luft los – immerhin ohne Opfer.
In den Schlangen für die Eintrittskarten führten die Ungeduld, das Gedränge und die Aufregung bei der Mitteilung deren Versteigerung oft Schlägereien und Blut-Vergießen herbei. Außerdem verwandelte sich der Theatersaal manchmal, wenn das ekstatische Publikum entbrannte, in ein *Cowboy-Saloon-Turn-up* [Schlägerei von Cowboys in Saloon].
Hier wurden die *noblen* europäischen Duelle um sie in jähen, mysteriösen Hinrichtungen wiedergegeben – *Min-*

destens zwei solche gingen auf Lola zurück, und man schätzte …

In den verschiedenen Theatern der Neuen Welt wie auch Australiens kulminierte sie durch ihre zwei großen Trümpfe, *Lola Montez in Bavaria* [Weltpremiere Broadway '52], wo sie sich selbst spielte, und *Spider Dance* [Spinnentanz bzw. Tarantula/Tarantella], wo sie die Gäste mit ihrer lasziven Performance ekstasiierte.

Wirklich, indem sie so tat, als hätte sie an ihrer Scham eine Spinne und wolle sich von ihr befreien, schüttelte, hob sie beim Spinnentanz ihr Tanzkleid und ließ buchstäblich … *ihre nackten Genitalien (!)* (ohne Schlüpfer!) zum Vorschein kommen. … Was folgte, unbeschreiblich; man kann es sich vorstellen.

Mit diesem Höhepunkt lapidarisierte, verewigte und vergöttlichte sie, sozusagen, ihr Sein, Lola Montez: emanzipiert, regelbrechend, umstürzend.

In New York wurde sie zum ersten Mal auch fotografiert – Fotografie in ihren ersten Alben!: Daguerreotypie –, und ihr Daguerreotyp findet sich bis heute (Lola mit Zigarette).

Nach einer eineinhalbjährigen Rundreise durch die Städte des östlichen Nordamerikas kommt sie mit dem Dampfer von New Orleans, durch Panama, im Mai '53, in San Francisco an.

Hier heiratet sie – zum dritten Mal! – einen gewissen irisch-amerikanischen Journalisten, namens Hull, welchen sie auf ihrer Reise auf dem Schiff kennenlernte, und erwerbt damit auch die amerikanische Staatsangehörigkeit.

Diese Heirat aber würde kaum eineinhalb Monate danach scheitern.
Im westlichen Teil Amerikas verketteten verschiedene Vorstellungsstätte ihre künstlerische Route. Der Ort aber, welcher ihr seine Reize zeigen und sie stehlen sollte, klang *Grass Valley.*

Dieser kleine Flecken, in Oberkalifornien gelegen, wie sein Name es besagt, von Gras überwuchert und in einem malerischen Tal versteckt, ein Goldmienenherd, erfüllte ihr Herz völlig, stillte ihren Durst sättigend. Seine Leute, Bergknappen, fast ausschließlich Männer, Immigranten und Iren hauptsächlich, brachten sie mit ihrer Einfachheit und ihrem heißblütigen Temperament wahrlich dazu, sich wie eine neue Lola zu fühlen, wieder zu ihrer scharlachroten Kamelie zu greifen, ihre Flügel weit auszubreiten und gen siebenten Himmel hochzufliegen. Nunmehr als Zweiunddreißigerin fühlte sie sich wieder wie die damals feurige, zappelnde und anbrechende Lola. Hier *kaufte* sie nun *ihr eigenes* Haus, und hier eröffnete sie außerdem auch einen Saloon.

In ihrem Zuhause, mit einem bunten Garten garniert, wo die Kamelien herrschten, atmete auch eine kleine Tierfamilie, deren aschgraues Bärchen Fanny die Schwäche seiner Dame des Hauses gestohlen hatte – Ihr kamen die Tränen, als sie es eines Tages in einem Zirkus zurücklassen musste.

In ihrem Saloon *Der Goldgräber* versammelten sich abends die ermüdeten Arbeiter des *Goldfiebers*, zumal sie einen Hauch von Trost, Vergnügen verlangten. Das Leben, das sie ihm anboten, und das Leben, das er ihnen anbot, war schon etwas Besonderes. Hier wurden Kummer und Leid vergessen und deren Gräber sprangen zum Rhythmus Lolas und ihres kleinen Maskottchens

Lotta vor Freude in die Luft. Lärmende Tänze wie irische und iberische entzündeten den Bretterboden, während andere milde wie Polka ihre Laune romantisierten. Balladen und Banjo beseelten ihre Moral, und Theatersketche schenkten ihnen andere possierliche Momente in ihrem Abend. – Dieses Lokal machte also einen unvermeidlichen Kern ihres dortigen Lebens aus, und sie fühlten dabei, wie es ihnen die nostalgische Falte stahl, da dort ein kleines Stück heimatlicher Scholle schlug.

Lola merkte schnell, dass sich die Winzige mit den rötlichen Haaren, den dunklen Augen und dem lachenden Gesichtchen von den anderen Kindern in ihrem Alter – sechsjährig – unterschied und ihr anmutiges Blickchen etwas von ihr verlangte, indem sie sie süß anschaute. Sie wurden also *Freundinnen* und der Unterricht fing an.
«Madam Lola, sind Sie die größte Tänzerin der Welt? ... und haben Sie schon die ganze Welt bereist?» hörte man die unschuldige Stimme der kleinen Lotta.
Lola, nachdem sie sich auf die Höhe des Kindes niedergekauert, seine Händchen genommen und ihm in die Augen geschaut hatte, fragte es: «Wer hat dir das gesagt?»
«Papa, Mama, alle sagen's; wissen Sie, sie bewundern Sie», antwortete die Kleine spontan und mit wachsender Überzeugung.
«Hm ...», und, indem sie sanft ihren Zeigefinger über ihre Nasenspitze huschen ließ: «Möchtest du auch groß werden, wenn du groß bist?, in der Welt herumkommen?»
«Ja, sehr; werden wie Sie!» drückte es begeistert aus.
Lola streichelte dem Kind das Köpfchen und sagte: «Dann ist's nötig, dass wir viel arbeiten.» «Möchtest du schon jetzt was lernen?»

«Sicher, gnädige Frau, so sehr!»
«Also, womit sollen wir anfangen, Tanz, Theater oder Musik?»
«Mit allem!, mit allem!»
«Okay, mit allem.»
Nachdem sie aufgestanden war, nahm sie die Kleine bei der Hand, und sie machten sich auf ins Innere ihres Hauses.
«Madam Lola, darf ich Sie um 'nen Gefallen bitten?»
«Alles, was die Prinzessin will.»
«Gestatten Sie, dass ich für den Tanz, für das Theater Ihre Kleider anziehe?»
Lola, mit gerunzelter Stirn und jokos-ernster Miene, mit ihr zugewandtem Blick, sagte: «Aber du wirst drin umherschwimmen ... ich meine, sie werden dir zu groß sein.»
«Aber die Puppen im Puppentheater schleifen ihr Kleid hinter sich her. Auch die vornehmen Damen, wenn sie sich in Gala geworfen haben, treten einander auf die Kleider und stoßen in der Tür zusammen. ...»

Ihre kleine *Protégée* absorbierte und assimilierte die verschiedenen Tanzfiguren staunenerregend und führte sie anschließlich auf bewundernswerte Weise aus. Ihre Theaternachahmung stupend. Auch ihre Stimme und ihre Finger am Banjo überzeugten unbestritten:
Ein Naturtalent, das sich in seiner Zeit zu der volksbeliebtesten Künstlerin Amerikas entwickeln sollte – Lotta Crabtree.

Lola nahm sie auch auf ihr Pferd und hatte ihr noch die ersten Reitschritte gegeben.

Was Lola betrifft, waren die fast zwei Jahre ihres Aufenthaltes in Grass Valley von ihrem übrigen kosmopolitischen Leben relativ entfernt und stereotyp; doch man darf dabei wiederum nicht glauben, dass diese gesegnete Liebe fehlte ... denn Lola und Liebe, dokumentiert, waren zwei verflochtene und untrennbare Begriffe.

*

Juni 1855–Mai 1856, Australien

Von den verschiedenen und ewigen auffälligen Ereignissen, welche sie zu ihrer Tournee im viktorianischen Australien begleiteten, führen wir zumindest zwei einmal an, die diese unsere gewalttätige und stürmische Heldin charakteristisch wiederspiegeln:

Nach einigen Vorführungen in Sydney brennt Lola zusammen mit einem gewissen Schauspieler ihres Ensembles heimlich von ihrem Hotel durch und lässt die Übrigen im Stich. Im Hafen werden sie das Schiff nach Melbourne nehmen.

Als die anderen es merkten, wandten sie sich an die Polizei. Die Letzte eilte sofort zum Hafen. Kurz davor aber hievte das Schiff den Anker und lief aus. Dann stieg der Scheriff zusammen mit einigen seiner Männer in ein Boot ein und versuchte durch energisches Rudern den Steamer zu erreichen. Inzwischen forderte ihr Sprachrohr sie auf anzuhalten: «Halten Sie an, halten Sie an! Polizei!»

Der Kapitän, welcher von der Anwesenheit seiner Berühmten Passagierin auf seinem Schiff bezaubert war, hatte aus den Umständen herausgespürt, dass es sich auf sie beziehen musste, und drückte ein Auge zu. Beim Stutzen seines Assistenten begnügte er sich zu sagen: «Kurs voraus!»

Als sie endlich gezwungen waren zu stoppen, nachdem das Polizeikorps sich eingeschifft hatte, sagte der Scheriff dem Kapitän plumpgeschnitten: «Haben Sie Schmalzpfropfen in Ihren Ohren? Wir fordern Sie schon lange auf! Warum stoppen Sie nicht?», und anschließend: «Wo ist

sie?» «Wer sie?» der Kapitän, «Lola Montez.» «Ah, vielleicht in ihrer Kajüte.»
Dann, vor ihrer Kabine, befahl der Scheriff – nachdem er erst an ihrer Tür gelauscht hatte, um sich davon zu überzeugen, dass sie drinnen war –: «Señorita Montez, Polizei! Öffnen Sie die Tür!» Bei diesen Worten *schloss* Lola die Tür *ab*. Alsdann ... der andere: «Verdammte Scheiße!, Lady Bird! [alleg. Hure] ... Ich zähle bis drei!» «Zähl' doch „deine Dreien!“» «Ordinär! Vulgär! Geh' zur Seite! Ich zieh' die Pistole raus und breche das Schloss auf!» «Zieh' „die Pistole“ raus, und brich das „Loch!“» «*Lottriig! ...*», und er schießt.
Als dieser und die Seinigen in ihre Kajüte eingetreten waren, hieß Lola sie, aufrecht und mit ihren Händen in den Seiten, *im Evaskostüm*, mit dem Ausdruck «me voilà! [da bin ich]» willkommen. Sie machten sofort Kehrt und gingen fluchend wieder hinaus. Bei ihrem Herausgehen traf Lolas Korsett den Kopf des Scheriffs. Sie, splitterfasernackt, nahm es, zog es mit einem Zug an, dieses immerzu ungeschnürt, und jagte sie mit einer ihrer Androhungen, dem Knicker, zum Deck hinaus! ...
Vor dieser *Schande* gaben die Polizisten auf und gingen ohne zu fackeln die Treppe hinunter, um ihr Boot zu nehmen und wegzufahren.
Auf dem Kai, als die Übrigen des Ensembles sie fragten, sagte ihr Boss ihnen ironisch: «Sie ist durchgedreht, hat 'ne Schraube locker,» – wobei er neben seinem Ohr die charakteristische Gebärde der Fingerdrehung machte – «nehmen Sie sie fest!»

Ein anderes denkwürdiges Ereignis in Australien spielte sich in Ballarat ab, in der Stadt des australischen Goldfiebers, als ein anonymer Artikel in der Zeitung *The Ballarat*

Times erschien, der eine heftige negative Kritik an Lola übte.
Die Gelegenheit zur Revanche ergab sich ihr, als sie in der Bar ihres Hotels zufällig auf den Herausgeber dieses Blattes stieß.

Ein wilder Peitschkampf entwickelte sich, ohne dass die Umstehenden ihn unterbinden konnten – da jede ihrer Versöhnungsinterventionen die Peitsche gegen sie wandte.

Und erst dann wurde er unterdrückt, als ihre Peitschen sich richtig verwickelten und so die Vermittlung von Dritten wie damit auch die Abwendung schlimmer Folgen erlaubt wurde.

*

August 1856–Januar 1861, USA/England/Irland
Mit einem dreimastigen Schoner kommt Lola nach zweieinhalb Monaten Reise wieder in Kalifornien an.
Bei ihrer Rückkehr aus San Francisco nach Grass Valley verbindet sie das Nützliche mit dem Angenehmen: In den verschiedenen dazwischenliegenden Städten gibt sie auch ihre Darbietungen.
Ihre Wiedergegenwart in ihrem Lieblingshausort erweckt von neuem das Leben; aber sie hat bereits ihren Entschluss gefasst – New York.

So, nachdem sie ihr Haus verkauft hat, verlässt sie alle und alles, ihnen dadurch das Lächeln benehmend, und macht sich dorthin auf, wohin ihr Schicksal sie einlädt und wohin sie die letzten viereinhalb Jahre ihres Lebens durchleben wird.

New York soll bei Lola Abend, auftauchende Reue über ihre Vergangenheit, Reinwaschung ihrer Seele bedeuten.

Man könnte das mit dem verlorenen Schaf, das seine

Herde wieder findet, oder mit dem verlorenen Sohn, der in die bewillkommenden und warmen Armen seines Vaters zurückkehrt, vergleichen.

Die irrende Sünderin, nunmehr der Stimme ihres Gewissens folgend, findet sich ab, passt sich an, kommt zu den gemeinen sittlichen Auffassungen zurück. Sie ist hier nicht mehr diejenige, die sie kürzlich noch war, sozusagen, der Schreck und die Furcht der Ökumene, die Bombe der Bühne, sondern eine in ihre Gesellschaft integrierte Person.

Diese Wendung Lolas äußerte sich hauptsächlich in zwei Aktivitätsangelpunkten: in einem mit den genannten Vorträgen und in einem anderen philosophisch-ekklesiastisch-karitativen.

Klar konvergierte dieses Binare, aufgrund der Natur seiner Elemente, und verschmolz manchmal in einen Aspekt.

Was das Erste betrifft, stürmte sie, nach einem zum Teil zurückhaltenderen Theatercomeback von sechs Monaten in New York, und nachdem sie erst manchen Rhetorikunterricht bekommen hatte, mit Eifer in die verschiedene Städte Amerikas, Englands und Irlands hervor, in welchen sie eine Palette von vielfältigen Themen verkündete und aussäte. Und am Anfang drehten sich deren Reden zwar um denselben Drehpunkt, ihrer selbst, mit der Zeit aber zentrifugierten, seriosierten und moralisierten sie sich, so dass sie am Ende ausschließlich religiös wurden.

Das Interesse, welches diese Reden weckten, und das Hinströmen, welches sie herbeiführten (etwas über 3 tausend Zuhörer!), waren etwas unvergleichlich Packendes, so dass nicht nur die Säle überquollen, sondern sie auch ihre Wiederholung automatisch und stumm durchsetzten.

So fanden nun Wellen von solchen Reden zu schnellen Rhythmen statt und brachten ihr nicht nur Geldgewinn, sondern auch Ehre ein, während sie sie dabei entfleckten und etappenweise zur Stufe des gemeinen sündigen Menschen erhoben. Und dieselbe spürte, dass ihre belastende Bürde dauernd leichter wurde, sie sich immer mehr der Vergebung näherte, ihre Seele Gott immer näher flatterte.

Beim Morast ihres Lebens wandte sie sich an gewisse philosophische Ansichten, nach einer Lichtung suchend, um sich irgend von ihren Fehlern zu entgiften, ihre moralische Kluft irgend zu überbrücken, sich irgend zu rechtfertigen, vor Gott Vergebung zu finden.

So schlug sie in ihren Unruhen den Weg zum Spiritualismus, Mystizismus, Astrologie u.a. ein.

Den Methodismus näher an ihren Anschauungen sehend, nimmt sie ihn offiziell an und wird eine Methodistin. Und als solche übernimmt sie tätig die Verkörperung ihrer Ideologie und verrichtet das Amt eines Apostels, unterstützt auch materiell ihre Aufgabe.

Unter den profitierenden Anstalten war das *Magdalen Asylum* von New York für die verirrten Frauen zuvorderst.

Lola hatte sich wirklich in eine Sendbotin Gottes verwandelt:

Mit der Bibel in der Hand und mit ihrer Beredsamkeit und Überzeugungskraft versuchte sie die Reuebotschaft zur Geltung zu bringen ... und dies nicht nur in organisierten, wohltätigen Orten, im Allgemeinen frei von Gefahren, sondern auch noch in dunklen Milieus, wie Hurengassen und -häusern, welche selbstverständlich besondere Sensibilität und Vorsichtig verlangten.

Die Ergebnisse waren wirklich glänzend – Nicht wenige

wurden gerettet und auf den Pfad der Tugend zurückgeführt.

Lola war in dieser ihrer letzten Zeit eine schwer geprüfte Existenz.
Ihre Seele, von ihrer Vergangenheit überschattet, konfligierte mit sich selbst ... und eine neue Falte entstand und eroberte sie – Melancholie. Und es dauerte nicht lange, ehe der Zwang sich zusätzlich mit dieser paarte.
Und dieses pathologische Zweifaltige lebte in ihrer Miene, in ihren Augen, in ihrer Stimme; in ihrem Sichanziehen; in ihren Bewegungen, in ihrem Verhalten. Einesteils lud ihre melancholische Neigung sie zur Absonderung von den Menschen, zum Sichzurückziehen in sich selbst, zur Selbstkritik ein, anderenteils trieb ihre zwingende Anspornung sie zur Errichtung von etwas Gutem, etwas Christlichem, was nichts anderes als ihre Sühnung sein würde.

Die Bibel wurde ihr ein wirkliches *Vademekum*: zu Hause in ihrer Freizeit, am Tisch beim Essen, im Bad, im Bett zur Schlafenszeit; bei ihren Ausgängen zur Kirche, in den Wohltätigkeitsanstalten; bei ihren Reden. Diese wurde ganz gelesen, in vielen Versen unterstrichen und die Seite mit der Teilvergebung Maria Magdalenas von Jesus in Petrus' Haus ... „bis auf die Knochen abgenutzt“ – Bei diesem Blatt sah man seine Vielgebrauchtheit, und die Blätterkordel lag *permanent* darauf. Die Worte Jesu über Magdalena in diesem Vers, mit dem für Lola monumentalen «... Ihr [Magdalena] *werden viele Sünden vergeben*, weil sie *viel geliebt hat. ...*», brachten sie zum Zappeln, ihr Herz zum Jagen, ihre Seele zum Schwingen. Ihre Lippen, vom Gemurmelten zur lebendigen Rede, glitten unzählige Male zu diesem Epigrammatischen, und es impfte sich ihrem Sinn als fixe Idee ein. Etwas aber peinigte, beunruhigte sie dabei … ob *sie* viel geliebt hat, oder zumindest ob *sie* viel lieben wird. – Daher versteht man jetzt, warum Lola gleichsam zur Barmherzigen Schwester wurde.

Die Kirche war ihr ein anderes Unumgängliches: *Jeden Tag* ging sie zu ihr und tauschte ein paar Worte oder auch noch ein Guten Morgen mit ihrem Kuraten aus – Seine Worte waren ihr wirklich stützend. Vor dem Kruzifix und der Muttergottes kniete sie ehrerbietig nieder, und ihr eifriges Gebet, mit dem Rosenkranz in der Hand, flehte um Erlass.

Das Asyl Magdalenas ebenfalls eine *tägliche* Unumgänglichkeit.

Im Sommer des Jahres '60 wurde Lola von einem Hirnschlag befallen und fiel ins Koma. Als sie nach einigen Tagen wieder zu sich gekommen war, trat aber auch eine *aphasische Hemiplegie* [Lähmung der rechten Körperseite mit Verlust des Sprechvermögens] zu Tage. Nach der akuten Phase wurde sie für ihre Rehabilitation an einen anderen Ort transportiert, irgendwie bescheidener und mit Personen vorgerückten Alters. – Dieses ihr Milieu war natürlich nicht so angenehm, aber doch duldete sie es.
Als eine gewisse ehemalige Mitschülerin von ihr aus Montrose, die jetzt mit Gatten und Kind in New York wohnte, die Nachricht in der Zeitung gelesen und ihre damals mitbelehrte Eliza Gilbert in dieser erkannt hatte, eilte sie sofort zu ihr. Ihr wurde dann ein Zimmer im Haus der Letzten angeboten und auch noch eine Krankenpflegerin gegeben. – Später, als ihre Kräfte es ihr erlaubten, schritt sie sogar zur Änderung ihres Testamentes zugunsten dieser guten Familie.

Inzwischen, als sie die schlimme Nachricht erfahren hatte, besuchte sie, nach so manchem Jahr, auch ihre Mutter. Aber die Beziehung zwischen ihnen war, selbst in diesen empfindlichen Augenblicken, immer angespannt. Gegen Ende des Jahres, als ihr Zustand sich merklich gebessert und ihre Sprache ein gewisses zufrieden stellendes Niveau erreicht hatte, brachte sie den Wunsch vor, mit ihrem Priester und mit ihrer Herde in Magdalenas Asyl zu sprechen. ... Ihr Schicksal hatte seinen Entschluss gefasst; so auch Gott: Wie es scheint, war auch Er von ihrer Reue überzeugt und wollte sie zu sich holen ... um sie zu retten – Ihre Erkältung genau am Tage des Weihnachtsfestes selbst wird in einer fatalen Pneumonie und in ihrem Leben kulminieren.

Die Gefühle, welche in diesen Momenten bei ihrem Letzten Mond ihre Seele geißelten, und diejenigen, welche dieselbe durch dieses ihr Aussehen auslöste, waren etwas mitleidig, bedauernswert Ergreifendes.

Die letzten, spontanen Worte, die ihre erbleichten und gekräuselten Lippen bei diesem ihrem Todeskampf herausbrachten, waren «doch liebte sie [Magdalena] viel ... aber liebt' ich genug?» ... Und als alles so schien, als würde es zu Ende sein und der Priester sie «hat deine Seele sich jetzt geglättet?, und ist der Herr mit dir?» fragte, da ... Ihr Blick, ihr Antlitz, ihr Atemzug stumm, versiegt; ihre Finger am ewigen Bibelblatt, am Rosenkranz sanftmütig hängengeblieben ... aber der Zährentau, welcher sich durch die Lunulen, die Lidspalten ihrer Augen stahl, welcher ihre bejammernswerte Seele träufelte, und welcher den Vater an das Blut, das die Wunde Jesu beweinte, erinnerte, sagte, besiegelte für ihn eine Wahrheit.

Der ebenine Stern der Aurora von Grange, von Ibernien, das Mohrennuphar Indiens, die Lionne von Paris und München, die Kamelie Europas, Amerikas und Australiens ging am 17. Januar 1861, nahe ihrem vierzigsten Lebensjahr, dahin. Aber die Wandersünderin, *Lola, Lola Montez*, hinterließ ihre Spuren unverlöschlich auf ewig im Verlauf der Zeiten.

[Ihr 2. und 3. Mann waren ein paar Jahre vor ihrem Ende dahingeschieden. Der 1., Thomas James, ihre Mutter, Eliza Craigie, und der König von Bayern Ludwig Jahre später.]

Ende

www.ingramcontent.com/pod-product-compliance
Ingram Content Group UK Ltd.
Pitfield, Milton Keynes, MK11 3LW, UK
UKHW020127250726
13967UKWH00002B/514

9 781446 731406